Gabriel Laub

Die Kunst des Lachens

Gabriel Laub

Die Kunst des Lachens

Mit 16 Zeichnungen von
Marian Kamensky

Langen Müller

Wir danken Autoren und Verlagen für die Genehmigung des Abdrucks:

Milo Dor/Reinhard Federmann, »Der politische Witz«. © Kurt Desch Verlag, 1964. © Milo Dor & Reinhard Federmann. – *Alexander Drozdzynski,* »Der politische Witz im Ostblock«. Droste Verlag, Düsseldorf, 1974. Rechte bei Lidia Drozdzynski, Köln. – *Lion Feuchtwanger,* »Das Haus der Desdemona«. Greifenverlag zu Rudolstadt 1961. © 1991 by Aufbau-Verlag. – *Sigmund Freud,* »Der Humor«, aus: Gesammelte Werke, Band XIV. © 1948 by Imago Publishing Col, Ltd., London. Alle Rechte vorbehalten: S. Fischer Verlag GmbH, Frankfurt am Main. – *Hermann Hakel,* »Wenn der Rabbe lacht«. © 1970 Kindler Verlag, München. – *Stanisław Jerzy Lec,* »Das große Buch der unfrisierten Gedanken«. Herausgegeben und übersetzt von Karl Dedecius. © 1971, 1976 Carl Hanser Verlag, München/Wien. – *George Mikes,* »Nimm das Leben nicht zu ernst«. © 1971 by Econ Verlag, Düsseldorf und Wien. – *Fritz Muliar,* »Streng indiskret«. © 1969 Paul Zsolnay Verlag Gesellschaft m.b.H., Wien/Hamburg. – *Gerhard Prause,* »Niemand hat Kolumbus ausgelacht«. Copyright © 1966 by Econ Verlag GmbH, Düsseldorf und Wien. – *N. O. Scarpi,* »Der beseelte Karpfen« und »Handbuch des Lächelns«. © 1954 by Werner Classen Verlag, Zürich. – *Jonathan Swift,* »Gullivers Reisen«. Übersetzt von Kurt Heinrich Hansen. © 1958/1996 Artemis & Winkler Verlag, Düsseldorf und Zürich. – *Friedrich Torberg,* »Die Tante Jolesch oder Der Untergang des Abendlandes in Anekdoten«. © 1975 by Friedrich Torberg und Langen Müller Verlag, München/Wien. – »Philogelos oder Der Lach-Fan von Hiesokles und Philagrios«. Herausgegeben und übersetzt von Gerhard Löwe. © 1981 Koehler & Amelang, München/Berlin.

Schutzumschlaggestaltung: Adolf Bachmann, Reischach,
unter Verwendung einer Illustration von Marian Kamensky
Satz: Filmsatz Schröter GmbH, München
Gesetzt aus New Caledonia 11,2/13,5 pt
Druck und Binden: Graphischer Großbetrieb Pößneck
Printed in Germany
ISBN 3-7844-2654-9

Inhalt

Die Humorologen

Im Jahr 1984 nahm ich als Beobachter am IV. Internationalen Kongreß für Humor teil, nachdem ich als Simultandolmetscher bereits viele wissenschaftliche Tagungen hinter mir hatte. Die Tagung erwies sich als nicht humorvoller, aber auch nicht lächerlicher als Kongresse von Soziologen, Politologen oder Literaturwissenschaftlern.

Ich frage mich allerdings, ob sie viel lustiger gewesen wäre, wenn es sich um einen Kongreß von Humoristen gehandelt hätte. Ausgelassener sicher. Ich kann mir aber gut vorstellen, wie sich jeder Autor bemühen würde, die anderen an Witz zu übertreffen; und wie die Kollegen *nicht* lachen würden. Erstens, weil sie alle Witze schon kennen. Zweitens, weil kein Witz gut sein kann, der nicht von ihnen stammt.

Und drittens gönnt man dem verehrten Freund und Kollegen nicht die Genugtuung, so hochkarätige Fachleute, wie man ja selbst einer ist, zum Lachen zu bringen. Außerdem: Ein lachender Humorist wirkt genauso unseriös wie ein lachender Wissenschaftler. Nach allgemein vorherrschender Meinung, die eine lange Tradition hat, muß ein Humorist im Leben ernst, ja traurig sein. Wer vor

Kollegen – und das noch vor den Augen der Presse – lacht, setzt sich leicht dem Verdacht aus, kein echter Humorist zu sein.

Prestigerangeleien würden sich bei einem Humoristenkongreß genauso breitmachen wie bei Tagungen anderer Branchen, nur hätten die ironischen Sticheleien vielleicht – aber nur vielleicht! – ein etwas höheres professionelles Niveau.

Ich kann mir gut vorstellen, wie es bei den Vorträgen zugehen würde:

Die Humoristen putzen ihre Reden launisch auf und versuchen, sorgfältig vorbereitete Gags als Improvisation zu verkaufen. Ihre Kollegen durchschauen das natürlich sofort, weil sie diese Methode – und meistens auch die Gags – kennen. Ein Teil der Hörer unterhält sich ununterbrochen, um Langeweile zu demonstrieren, man erzählt dem Nachbarn, was für einen Bombenerfolg man mit dem jüngsten Buch hatte und wie ein intelligenter Kritiker bestätigte, daß es das größte Ereignis der humoristischen Literatur dieses Jahrhunderts sei, oder man klagt über die bornierten Verleger, die geniale humoristische Werke entweder gar nicht haben wollen oder nicht gut verkaufen können.

Der andere Teil des fachmännischen Auditoriums dagegen lauscht dem Vortragenden wachsam, um mit Kennerstolz und Schadenfreude zu registrieren, wo der eine oder der andere witzige Gedanke geklaut wurde. Man kennt ja die Quellen, selbst die Geheimtips, wie den ungarischen Klassiker des Humors, Frigyes Kárinthy, von dem, wie der Wiener György Sebestyén behauptete, alle Humoristen abschrieben, die der ungarischen Sprache mächtig sind; dies seien Ephraim Kishon in Tel Aviv, George Mikes in London und er, György Sebestyén, in Wien. Schließlich seien alle Witze geklaut – bewußt oder unbewußt, denn alle seien schon irgendwann gemacht worden.

So war es vielleicht gut, daß die Versammlung in Tel Aviv keine Tagung von Humoristen war. Hier kamen also um die zweihundert ausgewiesene Wissenschaftler aus aller Welt zusammen, die sich mit verschiedenen Aspekten der Science of Humor, frei übersetzt »Humorologie«, beschäftigen. Professor Avner Ziv von der Universität Tel Aviv, Vorsitzender der Tagung (»chairperson« heißt es im modernen Kongreß-Englisch geschlechtsneutral statt des männlich-chauvinistischen »chairman«), warnte davor – und nach ihm andere Redner –, hier Humor zu erwarten.

Was Humorologen und Humoristen verbindet? Beide nehmen den Humor ernst – schließlich leben sie davon –, und beide wissen nicht, was Humor ist. Der Unterschied besteht darin, daß sich die Humoristen seiner trotzdem bedienen müssen.

Diese Unwissenheit ist allerdings keine Schande. Ich habe schon vor längerer Zeit geschrieben – und vor mir sicher schon viele andere Autoren, ich erhebe da keinen Anspruch auf wissenschaftliche Priorität –, daß Humor zu jenen grundsätzlichen Dingen des Lebens gehört, die man nicht definieren kann. So alt auch die Bemühungen sind, den Humor, den Witz, das Lachen zu analysieren, so umfangreich auch die Bibliothek der einschlägigen theoretischen Werke (bei ihrem Anblick könnte einem das Lachen für immer vergehen), die Definition des Humors wurde noch nicht gefunden.

Die Teilnehmer des Tel Aviver Kongresses repräsentierten zwanzig wissenschaftliche Disziplinen. Die absolute Mehrheit bildeten Psychologen, Psychiater und andere Mediziner. Kein Wunder – Humor im Sinne von »Lebenssaft« ist ja ursprünglich ein medizinischer Terminus; und jeder Mensch, der in der heutigen Zeit noch lacht, ist ein psychologisches, wenn nicht ein psychiatrisches Phänomen … Es gab aber auch Literaturwissenschaftler, Soziologen, Historiker, Biologen, Juristen und andere -isten und -logen.

Zwei weltbekannte Humoristen allerdings hatte man als Gastredner eingeladen – Art Buchwald und Ephraim Kishon. Wohl als Attraktion, sozusagen als humoristische Einlage, um die Wissenschaftler ein wenig von ihren schwerwiegenden Problemen mit dem Humor abzulenken.

Art Buchwald sollte die Tagung mit einem Vortrag eröffnen, dessen Thema »Überlebt der Humor einen Humor-Kongreß?« war. Ich war neugierig, worüber er reden würde, denn diese Frage konnte man mit einem einzigen Wort beantworten: Sicherlich. Humor überlebt alles

HUMOR

– außer den letzten Menschen –, denn er ist selbst ein Überlebensmittel.
Meine Neugier wurde nicht gestillt, denn Art Buchwald kam nicht.
Statt dessen eröffnete Kishon. Sein Vortrag hieß »Gibt es einen spezifischen israelischen Humor? Und wenn ja, warum nicht?« Kishon versuchte nicht wissenschaftlich zu analysieren. »Ein Humorist ist genausowenig Spezialist für Humor, wie ein Zuckerkranker Spezialist für Zuckerkrankheit ist«, sagte er und meinte es etwa genauso aufrichtig wie George Mikes, der diesen Vergleich vor Jahren angestellt hat. (Kishon würde diesen, seinen englisch schreibenden ungarischen Landsmann, auf den ich in diesem Buch noch näher eingehen werde, sicher als Nummer zwei des Welthumors bezeichnen, wie er es an einem Kongreßabend, bei dem er von den Humorologen ein Diplom »Für Verdienste um den Humor« bekam, mit Art Buchwald und meiner Wenigkeit tat. Humoristen und Satiriker sind solidarischer, als man es bei Literaten allgemein erwarten könnte; außerdem war Kishon an jenem Abend in guter Stimmung und gönnte jedem die *zweite* Stelle.)
In seinem Eröffnungsvortrag sprach er vor den Wissenschaftlern, wie er vor jedem anderen Publikum sprechen würde: locker, liebenswürdig und humorvoll. Er sprach natürlich vorwiegend über sich selbst (was jeder Autor immer tut), aber auch über Humor und über Israel. Somit lag sein Vortrag in der besten Kongreßtradition, sich

vom festgelegten Thema nicht festlegen zu lassen. Andererseits widersprach Kishon dieser Tradition, indem er die Frage nach dem spezifischen Humor des von Wirtschaftsproblemen geplagten Israel, wo der Dollar zur Basiswährung geworden ist, präzis beantwortete. Er erzählte nämlich, daß ihn seine Tochter gefragt habe, wie alt er in diesem Jahr werde. Als er wahrheitsgemäß einen höheren runden Geburtstag nannte, fragte Renana: »Wieviel ist das in Dollar?« (Ich erlaube mir diese Geschichte ohne Rücksicht auf Ephraim oder Fräulein Kishons Urheberrecht zu zitieren, weil ich davon überzeugt bin, daß er sie irgendwo schon veröffentlicht hat: Autoren geben keine Gags preis, die sie noch nicht publiziert haben.)

Die über hundert halbstündigen Referate in fünf Tagen des Kongresses – selbst wenn man es gewollt hätte, konnte man unmöglich alle absolvieren, weil sie größtenteils parallel in verschiedenen Sektionen liefen – waren, wie versprochen, wenig humorvoll. Allein die Zusammenstellung der Referate-Themen stimmte traurig. Sie reichten von »Verwendung von Humor zur Überwindung der Angst bei kindlichen Zahnarzt-Patienten« bis zu »Sprache in Witzen und in Träumen – Soziopragmatisches gegen Psychopragmatisches« (was immer dies bedeuten mag). Hinter bedeutsamen wissenschaftlichen Titeln steckten oft unwiderlegbare, aber nicht sehr überraschende Gedanken, wie »Humor ist wichtig« oder »Jüdische Witze sind anders als baptistische«, was mit Beispielen belegt wurde, die allesamt nicht witzig waren.

Es gab Vorträge, die Ergebnisse jahrelanger Untersuchungen zusammenfaßten, und solche, die jeder nichtwissenschaftliche Schreibprofi zu jedem Thema jeder Wissenschaft leicht an einem Tag verfassen könnte – um dann abends noch ins Kino gehen zu können.
Eine Dame aus Amerika versuchte zu beweisen, daß der geniale russische Satiriker Nikolaj Gogol auch in private Briefe humoristische Elemente eingebracht hätte. Sie zitierte mehrere Ausschnitte aus seinen Briefen und entschuldigte sich dauernd, daß sie in Englisch gar nicht lustig klangen – in Russisch wären sie sehr witzig gewesen. Vielleicht lag es daran, daß die Dame – ich habe mit ihr gesprochen – in Russisch nicht sehr gut war; selbst Reden von Parteisekretären erscheinen lustiger, wenn man sie in einer Sprache liest, die man nicht gut beherrscht. (Ich habe mir die »witzigen« Stellen zurück ins Russische übersetzt – sie waren nicht lustig.)
Ein Professor hatte sein Manuskript vergessen und sprach dann anhand von Notizen siebzig statt dreißig Minuten über das Werk eines zeitgenössischen amerikanischen Autors; außer einigen Inhaltsangaben erfuhren wir nur, daß dieser Autor witzig, zugleich aber sehr ernst schreibe. Das steht allerdings außer jeden Zweifels, denn der Professor wiederholte es mindestens siebenundzwanzigmal – allein in der letzten halben Stunde seines Vortrags.
Es gab eine Fülle von Referaten jener Art, die Professoren für Professoren produzieren. Aus einem Vortrag, in dem der Referent mit Hilfe einer sehr komplizierten

XXVIII
CONGRESS OF HUMOR

strukturalistischen Analyse eines sehr traurigen Gedichtes den Beweis führte, daß in der Lyrik andere Kunstmittel verwendet werden als in Witzen, lief ich hinaus, weil ich das schon seit langem geahnt hatte, wenn auch nicht auf wissenschaftlicher Basis. Eine Professorin klärte mich hinterher auf, daß gerade dies ein brillanter, besonders interessanter Vortrag gewesen sei.

Manche Forscher versuchten allerdings, irgendwelche Schlüsse für die Praxis zu ziehen, auch wenn es um keine überwältigenden Entdeckungen ging.

Offensichtlich gab es bei dem Kongreß den einen oder anderen, der schnell ein Referat mit dem Wort Humor im Titel ausgebrütet hatte, um nach Tel Aviv reisen zu können. Da waren aber auch Wissenschaftler, die sich seit Jahren intensiv mit Problemen befaßten, die mit Humor zusammenhängen – wie die Amerikaner Paul McGee und William Fry, die Französin Françoise Bariaud oder der Israeli Avner Ziv.

Die »Science of Humor« hat sich offensichtlich – als interdisziplinäres Fach – in den letzten Jahren etabliert, hat ihre inneren Hierarchien und ihre Koryphäen. Aber warum widmen sich Wissenschaftler, die doch ihr Fachgebiet als Psychologen oder Linguisten haben, dem Studium des Humors?

Den Psychologen sagt man nach, die meisten von ihnen hätten ihren Beruf gewählt, weil sie hofften, dadurch mit ihren eigenen Problemen fertig zu werden. Sollten die Humorologen ein ähnliches Motiv haben, ist es zu be-

grüßen – vielleicht lernen sie in punkto Humor etwas dazu.
Wieviel Sinn für Humor sie heute besitzen, war bei der Tagung nicht festzustellen. Bei den sehr bescheidenen Witzchen, die manchmal in einem Vortrag vorkamen, lachte ungefähr die Hälfte der Zuhörer. Ob die andere Hälfte deshalb nicht lachte, weil sie die Witze dürftig fand oder sie nicht verstanden hatte – wer weiß? Außerdem ist es unseriös, bei einem wissenschaftlichen Kongreß zu lachen, auch wenn er dem Humor gewidmet ist.
Wieviel und welche Art von Humor Wissenschaftler überhaupt besitzen – also vor allem jene, die sich nicht mit Humorologie beschäftigen –, ist eine andere Frage. Gelehrte aller Sparten produzieren eine Fülle von unfreiwilligem Humor immer dann, wenn sie tiefsinnig und umständlich Dinge verkünden, die allen bekannt sind: »Also, meine Herren, ein Fenster ist ein Loch in der Wand, durch das man rausgucken kann ...« Dieses Beispiel stammt allerdings aus dem *Schwejk* und dem Mund eines Obersten, ist jedoch für wissenschaftliches Denken nicht untypisch – man braucht nur in einer Bibliothek eine beliebige Liste von Doktorarbeiten durchzublättern, um Dutzende von solchen Weisheiten zu finden.
Nirgendwo jedoch wurde wissenschaftlich bewiesen, daß Beschäftigung mit der Wissenschaft den Sinn für Humor beeinträchtigt oder nur humorlose Menschen einen wissenschaftlichen Beruf wählen. Schließlich war Georg Christoph Lichtenberg, ein bedeutender Physiker und

Universitätsprofessor, einer der witzigsten Männer der deutschen Geschichte. Auch Albert Einstein war in dieser Hinsicht nicht ohne. Ein Grenzfall ist der englische Professor Cyril Northcote Parkinson, Urheber der berühmten Parkinsonschen Gesetze, bei denen man nicht weiß, ob es sich um einen satirisch begabten Wissenschaftler oder um einen wissenschaftlich fundierten Satiriker handelt. Nur eines ist klar: Für eine normale wissenschaftliche Karriere ist, wenn man nicht gerade Einstein ist, ein ausgeprägter Sinn für Humor hinderlich, denn er untergräbt die Glaubwürdigkeit des Gelehrten. Als Wissenschaftler muß man ernst sein, auch wenn man Dinge behauptet, die niemand ernst nehmen kann.
In den Pausen des Kongresses – die sind ja bei jeder Tagung das Wichtigste und Interessanteste, weil man da wirklich Kontakte knüpfen und Meinungen austauschen kann – konnte man jedoch erfahren, daß der eine oder andere Theoretiker im stillen auch Humorproduzent ist. Ich glaube aber nicht, daß man durch Lernen, also auf wissenschaftlichem Wege, Sinn für Humor erwerben kann. Allerdings glaube ich auch nicht – ohne es wissenschaftlich beweisen zu können –, daß es Menschen gibt, die absolut ohne Sinn für Humor auf die Welt kommen. Es muß also möglich sein, dazuzulernen, den Sinn für Humor zu entwickeln.
Paul McGee, Psychologe von der Texas Tech University, Autor des Buches *Humor: Its Origin and Development*, beschäftigt sich mit der Entwicklung des Humors bei

Kindern und Jugendlichen. Seine Erkenntnisse demonstrierte er anhand von vielen Tabellen und statistischen Angaben. Auf diesem Gebiet betätigen sich auch andere Teilnehmer des Kongresses. Und da liegt für die Humorologie wohl auch die Chance, etwas Gutes zu bewirken – es reicht ja, wenn die Wissenschaftler Lehrer und Eltern überzeugen, daß Humor etwas Positives, Wichtiges ist und man ihn bei Kindern nicht unterdrücken soll.

Wissenschaftlern wird es meines Erachtens nie gelingen, Humor zu definieren, wahrscheinlich auch nicht seine Mechanismen überzeugend zu erklären – Gott sei Dank, denn sonst könnte auch ein Computer humoristische Texte verfassen! Ihre praktischen Empfehlungen, zum Beispiel, Humor im schulischen Lernprozeß einzusetzen, gehen kaum über das hinaus, was man mit normalem Verstand selbst begreift.

In einer Sache können jedoch die Humorologen helfen: den Humor wissenschaftlich salonfähig zu machen.

Es gibt ja nachweislich Menschen ohne Humorbegabung, obwohl dies, wie ich behaupte, kein angeborener organischer Fehler ist; und es gibt Nationen, denen man mangelnden Sinn für Humor nachsagt. In beiden Fällen handelt es sich um Menschen, die sich von irgendwelchen Professoren, Lehrern, Pastoren oder beamteten Sittenwächtern einreden ließen, Humor sei etwas Unfeines. Würden die humorologischen Professoren die Positionen der Anti-Humor-Professoren untergraben, lohnte sich die

ganze Humorologie. Zumal sie auch als Beschäftigungsprogramm für Wissenschaftler nützlich ist.
Apropos, aus Deutschland waren bei diesem Kongreß nur zwei Gelehrte, Prof. Hehl und Dr. Ruch, Psychologen von der Universität Düsseldorf, die sich mit individuellen Unterschieden des Sinnes für Humor und mit Humor in Familientherapie beschäftigen. Aus der Schweiz war niemand da. Die Mehrheit der zweihundert Teilnehmer bildeten Wissenschaftler aus englischsprachigen Ländern und natürlich die den Heimvorteil genießenden Israelis. Ist das ein Zeichen des unterschiedlichen Sinnes für Humor bei verschiedenen Völkern? Wenn ja, wer hat dann mehr Sinn für Humor – die, die über ihn forschen, oder die, die darauf verzichten?
Es gibt eine andere, weniger komplizierte Erklärung für die ungleiche Teilnahme. Prof. Melvin Helitzer von der Ohio University, Autor von *Comedy Techniques for Writers and Performers*, referierte darüber, daß es in den Vereinigten Staaten eine Hochkonjunktur für Humor gebe. An seiner Universität werden Kurse für Humorautoren und -darsteller unter dem Motto »Humor Writing for Fun and Profit« angeboten.
In den USA gibt es mehrere Periodika, die Studien über Humor gewidmet sind – ich sah beim Kongreß die Prospekte.
Mit wissenschaftlichen Büchern allerdings ist kein großes Geld zu machen. Dafür mit Veranstaltungen. Der Trick dabei ist einfach: Eine akademische Institution in den

USA organisiert eine Tagung oder Konferenz über Humor. Zu Gastauftritten werden zwei populäre Komiker engagiert, und schon kommen zu der »wissenschaftlichen Veranstaltung« bis zu viertausend zahlende Gäste.
Ich freute mich auf die abschließende Plenarsitzung des Kongresses, die unter dem Titel »Einige Schlußfolgerungen, Ideen und Zukunftsprojekte« angekündigt war. So eine Zusammenfassung der wissenschaftlichen Ergebnisse könnte dem Beobachter die Arbeit erleichtern, dachte ich. Es wurde aber nur über Organisation geredet – wie man besser, das heißt mehr Tagungen veranstalten könne. Und alle Diskutanten waren Organisatoren von irgendwelchen humorologischen Treffen.
Es sieht so aus, daß sich die Amerikaner auf dem Gebiet des Humors bilden wollen. Ja, sie lechzen danach. Die Humorwelle kommt, wie weiland die Sexwelle. Und wenn sie in den Staaten Trend ist, wird sie auch nach Europa kommen. Die Humorologen sind die Vorboten dieser Welle.
Ich frage mich, ob das wissenschaftliche Sezieren am lebenden Leibe für den Humor nicht tödlich werden könnte. Aber nein – der Humor weiß ja nichts davon!

Lachen oder nicht lachen – das ist keine Frage

Humoristen über Humor

Was Humor ist, das weiß doch jeder – oder? Allerdings diejenigen, die es nicht wissen, glauben es besser zu wissen als alle anderen.

Der Eulenspiegel des Orients, Hodscha Nasr-ed-Din, sollte einmal in der Moschee predigen. Er bestieg die Kanzel und fragte: »Liebe Brüder, wißt ihr, was ich euch sagen will?«

»Nein, das wissen wir nicht«, antworteten die Gläubigen.

»Dann sage ich es auch nicht. Was soll ich Unwissenden erzählen.«

Als er am nächsten Tag dieselbe Frage stellte, wollten ihn seine Gemeindebrüder überlisten. »Ja, wir wissen es«, schrien sie im Chor.

»Wozu soll ich dann reden?« sagte der Hodscha und ging weg.

Am dritten Tage fragte er wieder: »Liebe Brüder, wißt ihr, was ich euch sagen will?«

»Einige von uns wissen es und einige nicht«, antworteten die neugierigen Zuhörer.

»Dann sollen die, die es wissen, es den anderen erzählen«, sagte Nasr-ed-Din und verabschiedete sich.

Diese Geschichte, in der sich ein Spaßvogel mit Hilfe scheinbarer Logik einer lästigen Auflage entledigt, sagt so manches über Witz und Witzbolde aus. Zum Beispiel, daß sie es mit der Logik nicht immer so ernst nehmen – das haben sie mit den humorlosen Mächtigen gemeinsam – und daß sie nicht gerne predigen – womit sie sich von jenen unterscheiden.

Eine Antwort auf die Frage »Was ist Humor?« findet man hier freilich nicht. Ich fürchte, daß man sie woanders auch nicht findet. Das heißt, es gibt so viele Antworten, die sich gegenseitig widerlegen, daß man zum Schluß notgedrungen bei seinen eigenen Vorstellungen bleiben muß. Aus Büchern über Humor, Satire, Witz und Ironie, über das Lachen, Lächeln und Schmunzeln kann man eine Riesenbibliothek zusammenstellen. Darüber haben Philosophen und Wissenschaftler geschrieben, humorige und humorfeindliche Autoren. Und trotzdem:

Es gibt keine klare, für alle gültige Definition des Humors. Offensichtlich gehört er zu jenen grundsätzlichen Dingen des Lebens, die man nicht definieren kann, zu jenen Grundbegriffen, mit deren Hilfe man andere Begriffe erklärt.

Wir müssen uns für unsere Betrachtungen mit der Lösung begnügen, die George Mikes gefunden hat, der Ungar, der englisch schrieb, und einer der bedeutendsten europäischen Humoristen unserer Zeit war. Ich finde in seinem tiefen und witzigen Buch, das im englischen Original *Humour in memoriam* heißt und deutsch unter dem

Titel *Nimm das Leben nicht zu ernst – Humorvolle Betrachtungen für humorlose Zeiten* erschien, folgende Vorschläge:

> Aus praktischen Gründen dürfen wir uns über zwei Punkte einigen:
> 1. Wir mögen sehr viel über Humor wissen, ohne genau zu wissen, was Humor eigentlich ist. Physiker vermögen Elektrizität zu produzieren; sie wissen alles über Elektrizität; mit ihrer Hilfe können sie zu Luft, zu Land oder zu Wasser reisen, sie können Tunnel graben, Berge abtragen, Botschaften zum Mond oder Mars schicken, unsere Finsternis erleuchten und Kranke heilen; dennoch wissen sie nicht genau, was Elektrizität ist.
> 2. Als Arbeitshypothese, die unseren Zwecken genügt, können wir vielleicht die originale lateinische Bedeutung des Wortes zugrunde legen: Humor ist eine Form des Geschmacks, einfach eine Art, die Dinge zu betrachten. Humor liegt, wie Schönheit, im Auge des Beschauers.

Es ist eine besondere Wonne, dieses Buch von George Mikes zu lesen, wenn man vorher versucht hat, mehrere theoretische Werke über Humor zu studieren. Es ist unglaublich, wie viele Bücher über Humor, deren Trockenheit und Umständlichkeit auch den zähesten Lesewillen bricht, verfaßt wurden. Komischerweise sind es nicht sel-

ten solche, die lang und breit beweisen, daß Humor eine der wichtigsten, wenn nicht die allerwichtigste menschliche Gabe ist. Die Humoristen selbst dagegen – die weit nicht so viel Theoretisches über Humor geschrieben haben – äußern sich in masochistisch-selbstkritischem Geiste ihrem Brötchengeber Humor gegenüber sehr skeptisch. So der Österreicher Alfred Polgar:
»Witz ist Unzucht gegen die Kausalität«,
und:
»Ein immer witziger Mensch ist etwas so Unausstehliches und Unappetitliches wie ein Kerl, der einen chronischen Schnupfen hat, aber kein Taschentuch.«
Jean Paul:
»Humor ist eine Erhebung gegen den Himmel. Nur geht man wie der Vogel Merops mit dem Hintern zuerst.«
Wilhelm Busch:
»Lachen: Ausdruck der gekitzelten Eitelkeit.«
Oscar Wilde:
»Witz ist Intellekt auf dem Bummel.«
Und George Mikes:
»Ich habe eine Abneigung gegen Humoristen; insbesondere gegen die guten.«
Natürlich muß man den Humoristen und Satirikern nicht immer glauben, daß sie alles, was sie sagen, ernst meinen. Wozu wären sie sonst Humoristen? Es ist ihr Vorteil, Dinge behaupten zu können, die man ihnen nicht glauben muß – um so überzeugender sind sie, eben deshalb, weil sie ihre Wahrheit nicht aufzwingen.

Sind aber Humoristen in Sachen Humor überhaupt maßgebend?
»Ein Humorist ist ebensowenig Fachmann auf dem Gebiete des Humors wie ein Zuckerkranker Fachmann für Diabetes. Ihn – wie den Diabetiker – hat es erwischt, aber er hat keine Ahnung, wieso, und noch weniger, wie er die Sache loswerden soll«, schreibt Mikes, und ich nehme es ihm nicht ab, trotz der witzigen Formulierung. Immerhin hat er, der Humorist, ein gutes Buch über Humor geschrieben. Wer denn sonst soll etwas von Humor verstehen? Zumal Mikes fortsetzt: »Humor ist eine Frage der Philosophie, aber Philosophen ergeht es nicht viel besser als Humoristen und Diabetikern. Ein Philosoph mit Sinn für Humor lacht über einen Witz, anstatt ihn hinterher zu analysieren; und ein Philosoph – mag er sonst noch so fähig sein – wird uns kaum etwas über den Sinn für Humor beibringen können, wenn er selbst keinen hat. Der Philosoph gleicht einem guten Leichtathleten auf dem Barren; seine Bewegungen sind schön, seine Kunst ist atemberaubend, seine Leistung bewundernswürdig. Aber wenn er abspringt, steht er genau wieder dort, wo er anfing; er hat nichts erreicht, er ist keinen Schritt vorwärts gekommen.«
Beide Behauptungen von Mikes – die über Humoristen, die es erwischt hat, und über Philosophen, die ohne Sinn für Humor nicht über Humor urteilen können – sind logisch und widersprüchlich zugleich. Nach der Logik des ersten Satzes dürfte ebender nichthumorige Philosoph

Fachmann in Sachen Humor sein: Er ist ja der »Nichtdiabetiker«. In Wirklichkeit jedoch kann zwar ein Mensch ohne Sinn für Humor über Humor Urteile abgeben, wenn er zum Beispiel in dem zuständigen Redaktionsstuhl sitzt, was häufig der Fall ist, aber nicht urteilen. Das erinnert mich an einen alten jüdischen Witz:

> Zum Rabbi kommen zwei Juden mit der Bitte, er möge in ihrem Streit entscheiden. Der erste trägt seinen Standpunkt vor, und der Rabbi sagt: »Du hast recht.« Dann erklärt der andere seinen Standpunkt, und der Rabbi sagt wieder: »Du hast recht.« Da bemerkt die Frau des Rabbis, die zugehört hatte: »Wenn der eine recht hat, kann doch sein Widersacher nicht auch recht haben!« Antwortet der Rabbi: »Auch du hast recht.«

Ich finde diesen Witz sehr weise und komisch. Es gibt aber natürlich viele Leute, die ihn gar nicht komisch finden. Sie werden sich empören und beweisen, daß hier nur die Frau des Rabbis recht hat. Vielleicht haben sie auch recht, aber nicht bei mir.

Wie gesagt, Humor ist eine Sache des Geschmacks. Für mich ist zum Beispiel die Prager Kuttelflecksuppe ein Leckerbissen. Gerichte aus Pansen sind in Ungarn und in Polen beliebt, in der Schweiz, in der Türkei, in Israel. Meine norddeutschen Freunde aßen höchstens aus Höflichkeit einen Teller Kuttelflecksuppe, Gefallen haben sie daran nicht gefunden. In Norddeutschland kocht man Pansen für Hunde und Katzen. Heißt das, daß die Türken einen besseren Geschmack haben oder die Hamburger einen vornehmeren? Das heißt doch nur, daß man Geschmack – oder Sinn für Humor – entwickeln kann. Es ist eine Sache der Erfahrung, der Gewohnheit, der Konvention.

Noch ein Beispiel: Als mein Sohn etwa sechs war, konnte er mit Disneys Zeichentrickfilmen nicht viel anfangen. Nebenbei gesagt, ich finde die primitive und brutale Situationskomik dieser Streifen auch nicht besonders witzig. Aber mein Sohn verstand überhaupt nicht, warum es komisch sein soll, wenn der Hund Pluto in die Luft gejagt wird. Er hatte einfach Angst, versteckte sich unter dem Tisch oder lief aus dem Zimmer. Nach dreieinhalb Jahren weiterer Fernseh-Edukation sah sich mein Sohn diese Filme ruhig an, manchmal lachte er sogar.

Ich habe diesen Essay »Lachen oder nicht lachen – das ist keine Frage« genannt. Das ist meine Meinung, keineswegs eine unbestrittene Behauptung. Viele Leute halten Lachen für etwas Vulgäres. Man hat mir mit Entrüstung von einer meiner Bekannten erzählt, einer vitalen und lustigen Wienerin: Sie hätte bei irgendeinem privaten Festessen so laut gelacht, daß alle schockiert waren.

Die Position eines Mannes, der glaubt, daß Lachen seiner unwürdig sei, schildert Wilhelm Busch in einem Gedicht:

Der Philosoph

Ein Philosoph von ernster Art,
Der sprach und strich sich seinen Bart:
Ich lache nie. Ich lieb es nicht,
Mein ehrenwertes Angesicht
Durch Zähnefletschen zu entstellen
Und närrisch wie ein Hund zu bellen;
Ich lieb es nicht, durch ein Gemecker
Zu zeigen, daß ich Witzentdecker.
Ich brauche nicht durch Wortvergleichen
Mit andern mich herauszustreichen,
Um zu ermessen, was ich bin,
Denn dieses weiß ich ohnehin.

Das Lachen will ich überlassen
Den minder hochbegabten Klassen.
Ist einer ohne Selbstvertraun
In Gegenwart von schönen Fraun,
So daß sie ihn als faden Gecken
Abfahren lassen oder necken,
Und fühlt er drob geheimen Groll
Und weiß nicht, was er sagen soll,
Dann schwebt mit Recht auf seinen Zügen
Ein unaussprechliches Vergnügen.

Und hat er Kursverlust erlitten,
Ist er moralisch ausgeglitten,

So gibt es Leute, die doch immer
Noch dümmer sind als er und schlimmer,
Und hat er etwa krumme Beine,
So gibt's noch krümmere als seine.
Er tröstet sich und lacht darüber
Und denkt: Da bin ich mir doch lieber.
Den Teufel laß ich aus dem Spiele.
Auch sonst noch lachen ihrer viele,
Besonders jene ewig Heitern,
Die unbewußt den Mund erweitern,
Die, sozusagen, auserkoren
Zum Lachen bis an beide Ohren.
Sie freuen sich mit Weib und Kind
Schon bloß, weil sie vorhanden sind.

Ich dahingegen, der ich sitze
Auf der Betrachtung höchster Spitze,
Weit über allem Was und Wie,
Ich bin für mich und lache nie.

In der Bibliothek, in der ich nach Material suchte, gibt es eine Abteilung »Humor«. Da standen vorwiegend Witzesammlungen und Humoresken-Anthologien. In den meisten Sammlungen sind die Witze sehr schlecht wiedergegeben: zerredet, mit entschärften oder gar getöteten Pointen. Erstens, ein gedruckter Witz – damit meine ich nicht den gezeichneten – ist ja sowieso nur ein Halbprodukt, eine Vorlage für den Erzähler. Zweitens aber sind

scheinbar viele witzlose Menschen witzig genug, um mit dem Herausgeben von Witzen Geld zu verdienen.
Die Anthologien servieren meistens einen Cocktail aus lustig gemeinten Geschichten von mittelmäßigen Autoren, nicht lustig gemeinten Geschichten von guten Autoren, deren Namen man als Schutzmarke haben wollte, obwohl sie nichts Humoristisches verfaßt haben, und einigen lustigen Geschichten von guten Autoren. Als ich nach Originalwerken von großen Humoristen und Satirikern fragte, nach Kurt Tucholsky und Karl Kraus, nach George Bernard Shaw und Jonathan Swift, nach Jaroslav Hašek und Karel Čapek, nach Rabelais und Cervantes, sagte man mir, die stünden nicht hier, in der Abteilung Humor, sie seien in der Abteilung »Literatur«. Woraus man schließen könnte, daß Humor keine Literatur ist; oder aber, daß nur guter Humor Literatur ist, wogegen nichts einzuwenden wäre.
Selbst George Mikes behauptet: »Humoristik und Komödie können immer nur eine mindere Kunst bleiben.« Seine Argumente sind nicht sehr überzeugend, zum größten Teil widerlegt er sie gleich selbst. In zwei oder drei Punkten spricht er nicht von Komödie, sondern nur von Witz – er sei eindimensional und zu kurz, um Charaktere in ihrer Entwicklung und Tiefe zu zeigen. Natürlich – aber es ist auch nicht seine Aufgabe. Ein Witz zeigt Gedanken-Konflikte, nicht Konflikte der Charaktere. Ein Porsche kann nicht so viele Passagiere befördern wie ein Bus, ist dadurch aber keineswegs ein minderes Verkehrsmittel.

Wladimir Majakowskij, der sowjetische Dichter und glänzende Satiriker, hat einmal gesagt, als man ihn kritisierte, daß in seinem Theaterstück viele Probleme nicht beachtet würden: »Eine Komödie ist keine Enzyklopädie.« Aber auch die Tragödie ist keine Enzyklopädie, und Lachen stört die Erkenntnis nicht mehr als Tränen. Es gibt tragische Komödien – siehe Molière und Shakespeare, um schulische Beispiele zu bringen – und komische Tragödien, deren Tragik dadurch nicht minder und nicht linder wird – siehe *Don Quijote* oder *Das bewegte Leben des Lasik Rojtschwanz* von Ilja Ehrenburg. Der große polnische Aphoristiker Stanisław Jerzy Lec schätzte die Möglichkeiten der Tragödie und der Komödie ganz anders ein. Er sagte:

»Die Farce der Wirklichkeit reicht auf der Bühne meist nur zu einer Tragödie.«

Über die Tragfähigkeit des Witzes gibt es auch andere Meinungen. Der Wiener Schauspieler Fritz Muliar hat sich auf die Interpretation jüdischer Witze spezialisiert. Mich persönlich stört, daß er dabei »jiddelt«: Das ist eine Mundart, die es nie gab, wenn wir die Schwierigkeiten jener Menschen, die deutsch sprechen wollten, obwohl sie nur Jiddisch kannten, nicht zu einer Mundart erheben wollen; im Grunde wurde sie von nichtjüdischen Witzeerzählern erfunden – und der jüdische Witz braucht sie nicht als Kolorit, er hat Kolorit und Inhalt genug. Aber Muliar kennt den Witz und weiß, worüber er redet. Er schreibt in seinem Buch *Streng indiskret!*:

Ich habe in meinem Leben schon viele Narren und ein paar verkappte Weise gespielt, verbohrte und lächelnde Philosophen, Unterdrückte und listig Triumphierende. Und ich habe ein Stück gefunden, das all diese Rollen vereint. Sein Dialog besteht nur aus zwei, drei Sätzen und einer Pointe, die den Zuhörer lächeln und nachdenken läßt, wie das bei einer guten Komödie sein soll.
Diese Minikomödie, in der die Weisheit, die Resignation und der unzerstörbare Lebenswille eines ganzen Volkes eingefangen sind, heißt: der jüdische Witz. Für mich ist er mehr als der wirkungsvolle Anlaß, einen fremden Jargon zu imitieren. Für mich ist er ein Stück Schicksal. Vielleicht muß man selbst eine Menge durchmachen, um ihn ganz zu verstehen und ihn so wiederzugeben, daß neben dem Lachen auch Platz ist für Nachdenklichkeit und ein bißchen Melancholie.
So unerwartet und zwerchfellerschütternd auch seine Pointe sein mag, sie ist nie Spaß allein, sondern sie ist immer ein kleiner Sieg der Menschlichkeit über die Tücken des Schicksals.
Es ist schon viel und von sehr gescheiten Leuten über den jüdischen Witz geschrieben worden. Ich glaube nicht, daß ich diesen Theorien neue hinzufügen kann. Ich will nur aus der Praxis eines Menschen erzählen, der schon Tausende jüdische Witze erzählt hat. Es sind natürlich nicht tausend verschiedene

Witze. Meiner Schätzung nach gibt es maximal hundert Grundsituationen des jüdischen Witzes, die in der verschiedensten Variationen auftauchen. Meine große Sympathie gilt dem traditionellen jüdischen Witz, in dem immer ein wenig von der Resignation eines durch Jahrtausende unterdrückten Volkes mitschwingt. In den besten von ihnen wird mit ein paar Sätzen ein Schicksal aufgerollt, unpathetisch und sehr weise. Wer dieses Schicksal wiedergibt, muß in zwei, drei oder vier Rollen schlüpfen. Es sind sehr ergiebige Rollen – welcher Autor schreibt schon ähnliche, in denen man alle paar Sätze eine Pointe hat?

Witz als Kunstform ist meines Erachtens die höchste humoristische Leistung – deshalb entsteht er auch in einer kollektiven Zusammenarbeit, die manchmal Jahrhunderte dauert. Ich kenne viele Autoren von Humoresken, Komödien, Feuilletons, Satiren; es sind sogar bekannte Leute, die sich Sprichwörter ausgedacht haben, Sätze, die im täglichen Umgang eines oder mehrerer Völker aufgenommen worden sind – allerdings, solange die Autoren noch bekannt sind, heißen sie Geflügelte Worte oder Aphorismen; ich habe jedoch niemanden gefunden, der sich einen echten Witz allein ausgedacht hätte.

Witz als Eigenschaft wird von den Theoretikern vom Humor getrennt, ja ihm entgegengesetzt. Demnach ist Humor Sache des Gefühls, Witz die des Verstandes.

Am treuherzigsten hat ein englischer Dramatiker des 19. Jahrhunderts, Douglas Jerrold, Humor definiert:
»Der Humor ist die Harmonie des Herzens.«
Über den Witz sagte ein französischer Lyriker des 18. Jahrhunderts, André Marie de Chénier:
»Was ist Witz? Verschmitzt ausgedrückte Vernunft.«
Der strenge deutsche Philosoph Friedrich Nietzsche urteilte sogar kategorisch:
»Der Witz ist das Epigramm auf den Tod eines Gefühls.«
Ich bin mit Sigmund Freud einer Meinung, daß eine witzige Formulierung außer dem Lacheffekt ein rein intellektuelles Vergnügen bereitet, die Trennung zwischen Humor und Witz aber finde ich nicht besonders witzig.
Ich weiß auch, daß Satire immer witzig, doch nicht immer humoristisch sein muß. Sie ist keine Arznei fürs Herz, sie gehört zur geistigen Hygiene, ist eine Art geistiges Abführmittel – also der Herstellung der »Harmonie des Herzens« dient sie nur mittelbar, nicht unbedingt durch herzliches Gelächter. Dennoch bewirkt sie die Bereinigung und Erfrischung des Humors – im heutigen Sinne des Wortes sowie im ursprünglichen lateinischen, als es noch die unser Gemüt beherrschende körperliche Flüssigkeit bedeutete. Wenn auch die Satire nicht immer vom Humor seine Fähigkeit, ein vergnügtes Lachen zu produzieren, übernimmt, so hat sie mit ihm die von vielen Humorforschern betonte Aggressivität gemeinsam. Und Aggression ist öfter die Tochter des Gefühls als die des Verstandes. Die scheinbar leicht abgrenzbaren Begriffe

verzahnen sich wieder. Deshalb, trotz merkbarer Unterschiede: Es kommt auf den Sinn für Humor an.
Was dieser Sinn ist, wird wahrscheinlich genauso schwer festzustellen sein wie beim Humor selbst. (In gewissem Sinne sind es ja Synonyme.) In meiner Enzyklopädie habe ich es nicht gefunden. Ich erfuhr nur, daß Sinn übertragen »geistige Empfindlichkeit für etwas« bedeutet; als Beispiel wurde jedoch nur der Sinn »für das Schöne, Gute, Heilige« aufgeführt, wie es sich für ein seriöses wissenschaftliches Werk gehört.
Zwei Zeichen des Sinns für Humor scheinen mir jedoch unbestritten zu sein. Erstens: Sinn für Humor besitzt nur derjenige, der auch über sich selbst lachen kann. Zweitens: Der eine hat ihn, der andere hat ihn nicht. Er ist, wie das Geld, wie das Talent, ungerecht verteilt. Aber – Talent kann man nicht einmal in der Apotheke kaufen. Geld kann man zwar schwer, aber unter Umständen doch erwerben. Zum Beispiel, wenn man schon viel Geld hat; oder wenn man nicht zu viel arbeitet, denn, wie bekannt, hat der, der arbeitet, keine Zeit, um Geld zu verdienen. Wie es mit den Erwerbs- oder mindestens Entwicklungsmöglichkeiten des Sinns für Humor steht, ist für unsere Betrachtungen eine sehr wichtige, wahrscheinlich die wichtigste Frage überhaupt.
Da wir mit George Mikes' Arbeitshypothese einverstanden sind, daß Humor im Auge des Beschauers liegt, ist also der Sinn für Humor eine Art die Welt zu sehen, wie zum Beispiel die dichterische Art.

Kann man dichterisches Sehen erlernen? Es gibt überall in der Welt Studiengänge für Literatur, man lernt Poetik in der Schule; und wenn man auch durch das Studium allein nicht zum Dichter wird, hilft es, Poesie zu verstehen.
Kann man humoristisches Sehen erlernen? Auf den Philippinen hat man sich darüber Gedanken gemacht. Vor einiger Zeit kam die Nachricht – das ist kein Witz –, daß die Universität von Manila einen Lehrstuhl für Humor einrichten will. Humor sollte hier nicht nur erforscht, sondern auch gelehrt werden. Die Begründung ist ernst und richtig:
»Weil die Welt heute voller Probleme jeder Art ist, die den Sinn für Humor fast eines jeden, sicherlich aber der alten Leute und auch der jungen, die gewöhnlich fröhlich und vergnügt sind, auf die Probe gestellt haben, besteht die dringende Notwendigkeit des ernsthaften Studiums und der Anwendung von Mitteln des Humors, um die ansonsten unerträgliche Last zu erleichtern, zu der das Dasein des Menschen im Alltag geworden ist.«
Ich fürchte, für diese Aufgaben wird ein Lehrstuhl – und auch eine ganze Universität – nicht ausreichen. Man brauchte besondere Fachrichtungen für Humortheoretiker, für Humoristen als Autoren, für Komiker als Interpreten und vor allem für Humorverstehende, weil ohne diese die anderen sinnlos wären. Dementsprechend müßten auch die Titel verteilt werden: Dr. Humoris beziehungsweise Dr. rer. hum., Diplom-Humorist oder – für Film, Fernsehen, Musical usw. – Diplom-Volkshumorist;

Humor-Ingenieur und Komiktechniker; Diplomierter Pointenerkenner; Diplomierter Witzeversteher erster, zweiter und dritter Kategorie (je nachdem, wie oft man ihnen einen Witz wiederholen muß), und als niedrigster und dem Abitur vergleichbarer Grad eine Bescheinigung, daß der Absolvent kein Spaßverderber ist. Für eine humoristische Universität würde man viele Spezialisten benötigen: für Pointologie, Witzosophie und Scherzographie, vergleichende Lachkunde, lineare und nichtlineare Karikaturologie, für Forschungen über politische Humorophobie, für mechanische und organische Lachtechnik, für Geschichte der Anekdoten, für theatralische und parlamentarische Clownerie, für schöpferische und spontan-automatische Parodistik, für Zensurabwehr und humoristische Sicherheitstechnik, für Gerontologie des Witzes und so weiter. Es ist fraglich, ob man dafür genug ernste Kandidaten fände. Mit Studienmaterial würde es viel leichter sein – man könnte eine Menge von wissenschaftlichen, literarischen und publizistischen Werken nutzen, die ohne humoristische Absicht verfaßt wurden. Vor einem aber muß man die Universität von Manila warnen: Sie darf nie den Titel Dr. humoris causa vergeben, er würde die ganze Sache witzlos machen. Und natürlich vermag nicht einmal eine ganze humoristische Universität jemandem, der es von sich aus nicht kann, beizubringen, wie man über sich selbst lacht.

Wir können uns über Humor-Universitäten lustig machen, die Frage jedoch, ob der Sinn für Humor den einzelnen und ganzen Gemeinschaften angeboren ist oder aber erworben und entwickelt werden kann, ist bitter ernst. Falls man das Verständnis für Humor nicht wecken und ausbilden kann, muß ja alles bleiben wie es ist, und der Humor hat keine großen Chancen, wenn er auch noch nicht tot ist, wie George Mikes übertreibend – oder eher untertreibend – in seinem Buch behauptet.

Viele Abhandlungen wurden geschrieben über nationale Eigenschaften des Humors verschiedener Völker. Man weiß allgemein, daß Franzosen Esprit, also Witz, haben, die Tschechen Sinn für Humor, die Engländer einen trockenen Witz, der auf Untertreibung, auf gut deutsch »Understatement«, basiert, und die Juden sind Meister des selbstkritischen Witzes. Natürlich weist der Humor nationale Eigenschaften auf, die dem kulturellen Erbe, den sozialen Strukturen und dem historischen Schicksal des Volkes entstammen.

Zum Beispiel kann man sich einen arabischen Witz über Schwiegermütter – das ewige Thema europäischer Witzblätter – kaum vorstellen. Hätten die Schwiegermütter in moslemischen Familien etwas zu sagen, würden die Haremsbesitzer die größten Raten an Selbstmördern stellen.

Es gibt Witze, die anderen Nationen unverständlich sind, wie es berufsständische Witze gibt und ganz private, über die nur ein enger Kreis von Eingeweihten lachen kann. Es gibt Hunderte jüdischer Witze, die in den Talmudschulen geboren wurden und die ein »weltlicher« Jude

nicht versteht, weil sie auf genauer Kenntnis der einzelnen Talmudstellen basieren. Jemand, der weder Lateinisch, noch den berühmten Satz von Descartes »Cogito ergo sum« kennt, wird nicht über den Studenten lachen können, der anstatt dessen »Coito ergo sum« sagt.
Und trotzdem ist Humor im Grunde universal. Viel universaler als Märchen. So ist die Logik und Symbolik der afrikanischen Märchen, in denen der Hase als Symbol der Tapferkeit gilt, oder der chinesischen mit ihren listigen Füchsen und Dämonen für einen Europäer oft überraschend. Dagegen machen uns altchinesische Witze keine Schwierigkeiten. Zum Beispiel dieser, der trotz seines Alters von Jahrtausenden und trotz Tausenden von Kilometern Entfernung nicht nur verständlich geblieben ist, sondern auch überraschend modern klingt:

> Ein Soldat wird während der Schlacht von einem Pfeil getroffen. Man holt einen Chirurgen. Der Arzt beruhigt den Patienten, alles würde gleich in Ordnung sein, sägt den Stiel ab, läßt jedoch die Pfeilspitze im Leibe stecken und verlangt sein Honorar.
> »Das konnte doch jeder machen«, sagt der Soldat. »Entferne doch die Spitze aus meinem Leib.«
> »Das ist nicht mehr meine Sache«, antwortet der Chirurg, »laß einen Spezialisten für innere Krankheiten holen.«

Die Spuren von heutigen jüdischen Witzen findet man nicht nur im Talmud, sondern auch in altpersischen, altarabischen oder altsyrischen Witzesammlungen.

Wenn aber der Humor weit über Grenzen und Zeiten hinweg verständlich bleibt, können die Unterschiede im Sinn für Humor verschiedener Nationen auch nicht prinzipieller Natur sein.

Die Legende, daß die Deutschen den Humor nicht mögen, ist meiner Meinung nach nur eine Legende – obwohl das Wort »Humor«, wie Wissenschaftler bezeugen, in der deutschen Sprache ein Fremdling ist – es wurde im heutigen Sinne erst im 18. Jahrhundert aufgenommen. Es gab aber das Wort »Witz« und andere Synonyme. Im Leben ist es wie in der Politik – die Worte allein sind noch nicht alles.

Jahrhundertelang hat man den Deutschen eingeredet, sie hätten keinen Sinn für Humor und sollen ihn auch nicht haben, weil das unwürdig und ungermanisch sei. Auf diesem Gebiet haben sich zahlreiche Philosophen und Tausende von Gymnasialprofessoren versucht, vor allem Deutschlands Herrscher, die wie alle Machthaber Humor fürchten. Der Humor stützt ja das Selbstgefühl des Menschen; praktisch stützt er vorwiegend die Schwächeren – die Mächtigen stützen ihr Selbstgefühl lieber auf Bajonette. Die deutschen Herrscher haben nur aufgrund historischer Begebenheiten – und mit Hilfe von Polizeiknüppeln – ein gehorsames und gelehriges Volk gehabt. Aber auch so ist es nicht gelungen, den deut-

schen Sinn für Humor völlig auszurotten. Das beweist, daß er lebens- und entwicklungsfähig ist.
Tucholsky hat sein berühmtes Feuilleton über die Satire 1919 geschrieben. Seither hat sich manches in Deutschland geändert. Man druckt zwar jetzt ungern Feuilletons, aber politischer Witz und politische Satire in ihrer publizistischen, tagesdienlichen Form haben sich durchgesetzt. Das sind verdienstvolle Gattungen, sie sterben jedoch mit dem Ereignis, dem sie gewidmet sind, spätestens aber mit seinen Akteuren.
Um den Sinn für Humor zu bilden, muß man den Lesern, Hörern und Zuschauern vor allem literarische und, wenn man das Wort nicht fürchtet, philosophische Gattungen unterbreiten, die jetzt oft als »unaktuell« abgetan werden. Jene Satire, die, wie Stanisław Jerzy Lec sagte, nicht gegen ein einzelnes Virus, sondern gegen die Krankheit kämpft, die ihre Tagesaktualität von der dauerhaften Aktualität ableitet, ist hier nicht weniger wichtig als der reine Nonsens-Humor, den Mikes verlangte.
Wenn man dem Sinn für Humor keine gute Nahrung liefert, wird nur noch die Lösung bleiben, über die ich in meinem Buch *Ur-Laub zum Denken* in der Glosse »Das Lachen kommt« geschrieben habe:

> Das ernste Problem des Humors in Deutschland ist schon fast gelöst – der lachende Sack ist da! Für zwölf Mark fünfundsiebzig kann man beliebig viel Lachen produzieren, ohne sich anstrengen zu müssen.

Bemerkenswert ist, daß die Kaufhäuser diesen Artikel zwar im April, aber nicht zum 1. April, nicht zu Silvester und nicht zum Karneval gebracht haben. Das zeigt gewisse Veränderungen in der Massenpsychologie an – es hat sich offenbar ein Bedarf an Lachen auch außer diesen offiziell zugelassenen Lachzeiten entwickelt. Der lachende Sack ist eine Erfindung, die unserer Zeit würdig ist. Maschinen und mechanische Geräte schaffen schon für uns fast alle Arbeiten, die wir nicht selbst ausführen wollen – warum sollen sie auch nicht für uns lachen?

Das Lachen vom Sack klingt nicht allzu intelligent, eher ein bißchen dümmlich: die Verkaufspsychologen wissen schon gut, was verlangt wird. Und dann: es ist ja schließlich erst der bescheidene Anfang, der erste Wurf. Dann werden die Luxusausfertigungen kommen, mit dem intelligenten, überlegenen, nachsichtigen, ironischen, höhnischen, schadenfreudigen, nachdenklichen, verständnisvollen, leidenschaftlichen, homerischen, selbstbewußten, komplexvollen, entschuldigenden, koketten, herausfordernden, bescheidenen Lachen, kurzum mit allen Lacharten, vom Lachen bis zu Tränen bis zum Lachen durch Tränen, in Herren- und Damenvariationen. Variationen für Kinder werden sich wahrscheinlich nicht lohnen, Kinder lachen noch von selbst.

Die Zeit ist nicht weit, wenn alle, die auf sich halten,

ein Lachsäckekomplet in der Tasche haben mit einer reichen Tastatur für alle Fälle. Das wird einfach und bequem sein. Besonders anspruchsvolle Leute können sich Lachsäcke mit ihrer eigenen Stimme anfertigen lassen. Ein modernes Lach-Aufnahme-Studio mit geschulten Regisseuren kann guten Gewinn bringen.

Wie leicht wird das Leben werden? Sie wollen Witze erzählen? Nehmen Sie einen lachenden Sack in die Tasche, aber nicht mit der eigenen Stimme, und drücken Sie bei der Pointe: Erstens wird jeder genau wissen, wann er lachen soll; zweitens – das Lachen ist ansteckend. Wollen Sie Witzen zuhören, nehmen Sie einen Sack mit der eigenen Stimme, und Ihr Ruf als humorvoller Mensch ist gesichert.

Im Theater kann man vor jeder Lustspielpremiere ein paar lachende Supersäcke an das Saalpersonal oder an die Familienangehörigen des Autors verteilen – ein Bombenerfolg, sogar die Rezensenten werden lachen. Das Fernsehen kann an alle Zuschauer Lachsäcke senden und dann bei jedem Unterhaltungsprogramm in den Programmzeitschriften genaue Anweisungen veröffentlichen, wann man den Knopf drücken soll. Wer sein Image pflegt und deshalb ernst bleiben will, braucht auch einen lachenden Sack. Wenn er zufällig lachen muß, kann er sich immer ausreden, daß er den lachenden Sack aus Versehen gedrückt hat.

Gar keine schlechte Idee, dieser lachende Sack. Ein Sack mit einer Tonaufnahme kann immer lachen, solange die Batterien funktionieren. Ein Mensch … Na, gibt es heute so viele Gründe zum Lachen?

Schilda ist überall

Die Narren sind das Salz der Erde. Ich meine die echten Narren – nicht die von Beruf und nicht diejenigen, die sich einmal im Jahr als Narren verkleiden, um zu beweisen, daß sie sonst keine sind. Und von den echten Narren – dem Salz der Erde – gibt es und gab es immer so viele, daß sie so nebenbei das Wasser der Ozeane versalzen haben. Das bestätigt ein italienisches Sprichwort: »Wenn die Narrheit Schmerz wäre, würde man's in jedem Hause kreischen hören.« Daß es kein Schmerz ist, ist sehr wichtig, denn so kann man es mit der Narrheit lange aushalten. Ein englisches Sprichwort erweitert noch entschieden die Zahl der Narren in der Welt: »Jeder Mensch hat einen Narren in seinem Ärmel.«

Und trotzdem will niemand ein Narr sein. Man schiebt die Narrheit den anderen zu – ein Berufsstand lacht über den anderen; die Herrschaften erzählen sich Geschichten über die tölpelhaften Bauern und Dienstboten, die Bauern dagegen Schwänke über kluge Dümmlinge, die die vornehmen und stolzen Herren überlisteten. Die Gebildeten, vor allem die Halbgebildeten, machten sich über die Ungebildeten lustig – allerdings in früheren Zeiten, als man noch wegen seiner höheren Bildung keine Minderwertigkeitskomplexe hatte; die Ungebildeten, vor allem die Halbgebildeten, verulkten die Gebildeten – das ist geblieben. Schauspieler und Richter, Wirte und Weber – es gab wahrscheinlich keinen unter den traditionellen Berufen, der nicht zu irgendeiner Zeit und in irgendeiner Folklore als Sammelbecken der Dummen bezeichnet worden wäre. Als Illustration hier ein sumerischer Spruch, etwa 2600 Jahre alt: »Der Zank entstand unter den Sklaven, die Verleumdung unter den Friseuren.« Wahrscheinlich machen heute Astrophysiker Witze über Astrobiologen, nur ist mir die Folklore dieser Berufe unbekannt, und sie wäre mir wahrscheinlich auch unverständlich mangels wissenschaftlicher Kenntnisse.

Allgemein verständlich ist dagegen, wenn man die Dummheit oder andere Eigenschaften, zu denen man sich selbst nicht bekennen möchte, irgendwo lokalisiert – in einem anderen Land, in einer anderen Region oder Stadt. Witze, die sich Österreicher über Italiener erzählen, Franzosen über Engländer, Polen über Russen, Russen über Ukrainer, Armenier über Georgier, Tschechen über Slowaken, Serben über Bosnier, Bayern über »Preißen«, entstammen meiner Meinung nach zum geringeren Teil den aktuellen, historischen oder latenten Feindschaften – wichtiger ist, daß man somit sich selbst reinwaschen und als bessere Menschen betrachten kann; wenn man die Dummheit noch dazu dem ungeliebten Nachbarn zuschieben kann, ist es ein Zusatzvergnügen.

SCHILDA
SCHILDA
SCHILDA

Dieser Vorgang ist älter als der Witz – wahrscheinlich nannte sich jeder Stamm in der Steinzeit »Menschen«, die anderen waren keine, auch wenn man von ihrer Existenz wußte. Für die alten Juden waren alle anderen Völker »Heiden« – die europäischen Christen haben von ihnen diesen Begriff übernommen und zum Dank an die Juden auf diese erweitert; die Moslems waren großzügiger, sie betrachteten die Juden und die Christen immerhin nicht als Heiden, sondern als »Völker der Schrift«, freilich aber einer niedrigeren Kategorie. Auch die Römer haben die Griechen von der Kategorie der »Barbaren« ausgeschlossen, die sie von ihnen übernommen haben. In den slawischen Sprachen heißen die Deutschen »Nemci«, das heißt »Stumme« – früher war das eine Bezeichnung für alle, die nicht Slawisch sprechen konnten.

Diese altwürdige Gruppenüberheblichkeit hat sich auch in der Schwank- und Witzfolklore bis heute erhalten. Als Beispiel kann die Welle der Ostfriesen-Witze dienen, die vor einigen Jahren in Deutschland aufkam. Sie bestätigt auch meine These, daß es sich in diesen Fällen nicht vorwiegend um einen Ausdruck der Feindschaft handelt – es gibt ja keine Konflikte zwischen den Hamburgern oder Münchnern und den Ostfriesen –, es geht nur darum, irgendeine Adresse zu finden, an die man seine eigene Dummheit, Feigheit, Narrheit abschieben kann.

So entstanden schon im Altertum Städte der Narren, also Städte, deren Bewohnern sprichwörtliche Dummheit zugeschrieben wurde, oder auch – im Sinne der biblischen

Auffassung der Narrheit – dummdreiste Verdorbenheit. Eine Geographie dieser Städte zusammenzustellen, wäre eine Mordsarbeit; man müßte schon ein Narr sein, um sie unternehmen zu wollen – die Anzahl dieser Städte ist nämlich riesig. Man kann sie auch nicht aufgrund irgendeiner charakteristischen Eigenschaft herausfinden, denn es ist ihre spezifische Eigenschaft, daß sie keine spezifischen Eigenschaften haben. Sie sind einfach Sitze der Narren, ganz allgemein.

Die Narrengeschichten sind meistens von einer Stadt auf die andere übertragbar – und so geschah es auch tausendmal. Nur die mit dem jeweiligen Klima oder der jeweiligen Religion zusammenhängenden Details haben sich geändert. Im Prinzip konnte und kann – siehe Ostfriesland – jede Stadt zu einer Narrenstadt erklärt werden. Von Gnaden der Nachbarn oder auch ganz entfernter Erzähler – bei den alten Indern waren es zum Beispiel die persischen Städte Chorassan und Kaswin.

Wie es scheint, kommt eine Stadt zu ihrem Narrenruf absolut ohne Grund. Ich möchte das an einem Beispiel zeigen. Der griechische Schriftsteller Athenaios aus Naukratis in Ägypten, der um das Jahr 200 vor Christi lebte, erzählt:

> Ein Sybarit, der in Sparta zu Besuch war und an einem öffentlichen Gastmahl teilnahm, sagte: »Kein Wunder, daß die Spartaner die furchtlosesten Menschen der Welt sind. Jeder vernünftige Mensch wird

es vorziehen, tausendmal zu fallen, als so elend zu leben.«

Da ging es um konkrete Gegebenheiten: Sybaris war eine reiche Stadt, ihre Bewohner hatten den Ruf, Lebenskünstler zu sein – wie übrigens, Athenaios zufolge, auch die Tarenter; Sparta war dagegen ein kleiner Militärstaat, und die Spartaner mußten eben spartanisch leben. Der Ruf dieser Städte, wenn auch natürlich übertrieben und verallgemeinernd, hatte einen reellen Grund.
Warum aber Abdera in Thrakien, eine Stadt, die der Welt die Philosophen Demokritos, Protagoras und andere gegeben hat, als Narrenstadt verschrien wurde? Warum Kyme in Kleinasien, die Vaterstadt des Hesiod? Warum Sidon in Phönikien, eine alte Hafenstadt? Hier einige Geschichten über Abderiten, Sidonier und Kymeer aus der Sammlung *Philogelos*, die im 3. oder 4. Jahrhundert unserer Zeitrechnung entstand.

Abdera bestand aus zwei Stadtteilen – östliche und westliche. Als die Stadt einst von Feinden überfallen wurde und allgemeine Bestürzung entstand, sagten sich die Bewohner des östlichen Teiles: »Wir müssen ja keine Angst haben! Die Feinde kommen doch durch die westlichen Tore!«

Ein Abderit wollte sich aufhängen. Der Strick riß, er fiel und schlug sich den Kopf an. Er holte sich vom

Arzt ein Pflaster, klebte es auf die Wunde und erhängte sich.

Ein Schüler in Sidon fragte seinen Lehrer: »Wieviel Maß enthält ein Fünfzigmaßkrug?« Und der fragte: »Wein oder Öl?«

Die Kymeer erwarteten die Rückkehr eines bedeutenden Bürgers aus der Fremde und wollten ihn im Bad mit sauberem Wasser beehren. Da sie jedoch nur ein Becken hatten, füllten sie es mit sauberem warmen Wasser und trennten die Hälfte des Beckens durch eine offene Balustrade ab, um die Hälfte des Wassers für den Ehrengast sauberzuhalten.

Diese kleine Auswahl zeigt, daß die Städte in den Anekdoten beliebig austauschbar sind. Ortsgebunden ist vielleicht nur der Hinweis auf die zwei Stadtteile von Abdera, falls es sie tatsächlich gab. Und daß die Struktur der Witze uns bekannt vorkommt – sie wiederholt sich in den verschiedenen Varianten bis zum heutigen Tag. Sie waren wahrscheinlich im alten Griechenland auch nicht neu.
Die Narrenliteratur ist sehr alt. Ihre Spuren wurden auch in altägyptischen Schriften von vor dreitausend Jahren gefunden. Die Geschichten von den Abderiten, Sidoniern und Kymeern unterscheiden sich überhaupt nicht von Schwänken aus anderen Kapiteln der Sammlung *Philogelos*, die nicht nach Adressen, sondern nach Eigenschaften

geordnet sind: »Von Geizhälsen«, »Von Neunmalklugen« usw. Zum Vergleich eine Geschichte aus einer persischen Sammlung, deren Prinzip dem des kymeischen Schwanks vom Schwimmbecken ähnlich ist:

> Ein Mann aus Kaswin ging zu einem Arzt und erzählte ihm, daß er krank sei.
> Der Arzt sagte: »Bring mir morgen ein Glas Urin, dann werde ich dir eine Medizin verschreiben.«
> In der Nacht wurde die Frau des Kaswiners ebenfalls krank, und da dachte er im stillen: Ich will zwei Fliegen mit einer Klappe schlagen. Also goß er den Urin seiner Frau und seinen eigenen in dasselbe Glas.
> Am folgenden Morgen ging er zum Arzt und sagte: »Das, was zuoberst im Glase ist, ist mein Urin, das untere ist der meiner Frau.«
> Ein anderer Kaswiner, der dabeistand, sagte: »Wenn man sich so dumm benimmt, ist es natürlich kein Wunder, daß die Leute von den Torheiten der Kaswiner reden. Du hättest ganz einfach ein Stückchen Schnur in der Mitte des Glases anbringen sollen, dann hätte man doch sehen können, was das eine und was das andere ist.«

Dieselbe Geschichte steht auch in einer altindischen Sammlung. Und das Motiv des vermischten Urins – allerdings ohne die Pointe mit der Teilung, wodurch neben

der Dummheit auch der Geiz betont wird – geht heute als schottischer, jüdischer und Zigeunerwitz um. Da kommt McPatrick, Herr Kohn oder Schanjo Lakatos vom Arzt mit der freudigen Nachricht nach Hause und sagt seiner Frau: »Du bist gesund, ich bin gesund, Oma und Opa sind gesund, alle unsere Kinder sind gesund, und auch unser Pferd ist gesund!«
Die Geschichten wandern um die Welt, sie werden in den Narrenstädten angesiedelt und eingebürgert, und nichts gibt uns einen Hinweis darauf, wie diese Städte zu Narrenstädten geworden sind. Möglicherweise waren es eben Städte, deren Bürger besonders gescheit waren oder sich für solche hielten. Dazu eine englische Sage:

Die weisen Narren von Gotham

Die Überlieferung sagt, das Kuckucksgebüsch in der Nähe von Gotham sei gepflanzt oder gesetzt worden zur Erinnerung an einen Streich, den die Einwohner von Gotham König Johann gespielt haben. So wird die Geschichte erzählt:
König Johann kam auf dem Weg nach Nottingham durch diesen Ort und wollte über die Wiesen gehen. Er wurde von den Dorfleuten daran gehindert, denn sie befürchteten, der Grund, über den ein König geht, müsse danach für alle Zeiten ein öffentlicher Weg bleiben. Der König war erzürnt über ihr Vorgehen und sandte kurz danach von seinem Hof aus einige seiner Dienstleute, damit sie die Ursache die-

ser Unhöflichkeit und schlechten Behandlung erforschen, auf daß er die Dorfleute durch Geldbußen oder andere ihm angemessen dünkende Buße bestrafen könne. Die Dorfleute erfuhren, daß des Königs Leute auf dem Weg zu ihnen waren, und dachten nach über ein Mittel, wie sie Seiner Majestät Mißfallen von sich abwenden könnten. Als die Boten in Gotham ankamen, fanden sie einige der Einwohner dabei, wie sie sich nach Kräften abmühten, einen Aal im Tümpel zu ertränken. Andere waren eifrig dabei, Karren auf eine große Scheune zu zerren, damit das Holz von der Sonne beschattet werde. Wieder andere ließen Käse einen Hügel hinunterrollen, damit sie den Weg nach Nottingham zum Markt fänden. Und einige waren dabei, einen Kuckuck einzuzäunen, der sich auf einen alten Busch gesetzt hatte, der dort stand, wo nun das neue Gebüsch ist. Kurzum sie waren alle mit diesem oder jenem närrischen Tun beschäftigt, und so wurden des Königs Dienstleute davon überzeugt, daß es ein Dorf von Narren war. Und von daher kommt die alte Redewendung »die weisen Männer« oder »die Narren von Gotham«.

So zeigt sich abermals, daß man zwischen Weisen und Narren oft kaum unterscheiden kann. Allerdings wird die Tatsache, daß sie die Rolle der Narren freiwillig übernommen haben, den Gothamern zum Verhängnis. Sie sind echte Narren geworden, solche, die sich selbst schaden. Das zeigen ihre weiteren Streiche.

Wie sie Abgaben zahlten

Einmal hatten die Männer von Gotham vergessen, ihrem Grundherrn die Abgaben zu bezahlen. Einer sagte zum andern: »Morgen ist unser Zahltag, und wie werden wir's anstellen, daß wir das Geld zu unserm Herrn schicken?«

Der eine sagte: »Ich habe heute einen Hasen gefangen, und der soll es hintragen, denn er ist schnell zu Fuß.«

»So soll es sein«, sagten alle, »er bekommt einen Brief und einen Geldbeutel, in den wir unser Geld stecken, und wir weisen ihm den richtigen Weg.«

Als nun die Briefe geschrieben waren und das Geld im Beutel steckte, banden sie alles dem Hasen um den Hals und sagten: »Zuerst gehst du nach Lancaster, dann mußt du nach Loughborogh, und in Newarke ist unser Grundherr, ihn empfiehlst du uns, und da seien unsere Abgaben.«

Sobald der Hase ihnen aus den Händen war, sauste er den Feldweg entlang. Einige schrien: »Du mußt zuerst nach Lancaster gehen!«

»Laßt ihn in Ruhe, sagte ein anderer, »er weiß einen kürzeren Weg als der Klügste von uns. Laßt ihn gehen.«

Ein zweiter sagte: »Es ist eine verschlagene Häsin.

Laßt sie in Ruhe, sie will sich nicht an die Landstraße halten, weil sie die Hunde fürchtet.«

Wie einer Schafe kaufte

Es waren einmal zwei Männer von Gotham, und einer von ihnen ging nach Nottingham zum Markt, um Schafe zu kaufen, und der andere kam vom Markt, und die beiden trafen auf der Brücke von Nottingham zusammen.

»Wohin gehst du?« sagte der eine, der von Nottingham kam.

»Herrje«, sagte der andere, der nach Nottingham ging, »ich gehe Schafe kaufen.«

»Schafe kaufen?« sagte der erste. »Und auf welchem Weg willst du sie heimbringen?«

»Herrje«, sagte der andere, »ich werde sie über diese Brücke heimbringen.«

»Bei Robin Hood«, sagte der, der von Nottingham kam, »das sollst du nicht!«

»Bei der Jungfrau Maria«, sagte der, der zum Markt ging, »das werde ich aber.«

»Das wirst du nicht«, sagte der eine.

»Das werde ich«, sagte der andere.

Dann stießen sie ihre Krummstäbe gegen den Boden, einer dem anderen gegenüber, als wären da hundert Schafe zwischen ihnen.

»Halt ein«, sagte der eine, »paß auf, sonst springen meine Schafe über die Brücke hinunter.«

»Das kümmert mich nicht«, sagte der andere, »sie sollen hier nicht durchkommen.«

»Das sollen sie doch«, sagte der andere.

Dann sagte der erste: »Und wenn du dich weiter so aufführst, stopf ich dir meine Faust ins Maul.«

»Wirst du das?« sagte der andere.

Nun während sie so beim Streiten waren, kam ein anderer Mann von Gotham vom Markt daher, der hatte einen Sack Mehl auf dem Pferd. Als er sah und hörte, wie seine Nachbarn sich um Schafe zankten, obwohl gar keine bei ihnen waren, sagte er: »He, ihr Narren, werdet ihr je gescheit werden? Helft mir und legt mir den Sack auf die Schultern.«

Das taten sie, und er ging zum Brückenrand, machte den Sack auf und schüttete all sein Mehl in den Fluß hinunter. »Na, Nachbarn«, sagte er, »wieviel Mehl ist in meinem Sack hier?«

»Herrje«, sagten sie, »da ist gar keines drin.«

»Nun meiner Treu«, sagte er, »gerade soviel, wie Verstand in euren beiden Köpfen ist, wenn ihr ein Gezänk anfangt über etwas, das ihr gar nicht habt.«

Urteilt selbst, welcher der Klügste war unter diesen drei Leuten.

Eine ähnliche Theorie, daß nämlich die Narrenstädte von weisen Menschen gegründet wurden, entwickelte auch der unbekannte Autor des deutschen Buches, das 1597 unter dem Titel *Das Lalenbuch – Wunderseltsame, abenteuerliche, unerhörte und bißher unbeschriebene Geschichten und Thaten der Lalen von Laleburg* bei Robins Erben in Straßburg erschien. Hier ist die Verwandlung der Stadt der Weisen in die Stadt der Narren noch logischer begründet. Die Lalen von Lalenburg wurden, obwohl ihr Name von dem griechischen Wort abgeleitet ist, das »Tor« oder »Schwätzer« bedeutet, durch ihre Klugheit so berühmt, daß man überall ihren Rat schätzte und sie als Ratgeber holte. Um sich dem zu entziehen, entschlossen sie sich wie die Gothamer, Narren zu spielen. Die Verwandlung gelang ihnen so gut, daß sie die Stadt letzten Endes zugrunde richteten. Sie verbrannten sie, als sie die Katze loswerden wollten, die sie zuvor gekauft hatten.

Natürlich ist diese Geschichte jedem schon aus der Schulzeit als Schildbürgerstreich bekannt. Denn das Schicksal spielte dem *Lalenbuch* selbst einen Schildbürgerstreich. Das Buch hatte Erfolg und erschien ein Jahr später, 1598, in drei Neuausgaben. Allerdings unter dem Titel *Die Schildbürger*. Die Schildbürger ersetzten die Lalen und Schilda Lalenburg. Ob der Autor die ausgedachte Stadt »Schilda« von der Kategorie der Schildbürger – also kleine Bürger, die mit dem Schild in den Kampf zogen – ableitet oder die existierende Stadt Schildau im Kreis Torgau meint, haben die Wissenschaftler bislang nicht feststellen können. Heute gibt es übrigens nicht sehr weit von Schildau eine Stadt namens Schilda. Aus der Tatsache, daß auf diese bisher kein Ver-

dacht gefallen ist, daß sie die Heimat der Schildbürger wäre, muß man wohl schließen, daß sie im 16. Jahrhundert noch nicht existierte.
In der zweiten Variante des Buches wurde einiges gestrichen, vor allem die heiter-philosophischen Ausführungen des *Lalen*-Autors, dem es nicht nur darum ging, die Schwänke zu erzählen – deren Sujets er übrigens aus zeitgenössischen Sammlungen übernommen hatte –, sondern auch die Geschichte der Narrheit zu schildern. Und wie schon so oft in der Geschichte der Literatur – denken wir nur an die sogenannten populären Ausgaben der *Geschichte meines Lebens* von Casanova, die das Buch zum Salonporno machten, an Bearbeitungen des *Gulliver* und des *Don Quijote*, die Swifts und Cervantes' großartige Satiren in Kinderbücher verwandelten, an die kastrierten Volksmärchen – also, wie so oft ist nicht das anspruchsvollere und bessere Original, sondern die Nachahmung zu einem der populärsten deutschen Bücher geworden.
Hier eine Geschichte aus dem *Lalenbuch* in sprachlicher Bearbeitung von Hans Marquardt:

Die Lalenburger verbergen ihre Glocke in dem See

Zu einer Zeit, als Kriegsgeschrei einfiel, fürchteten die Lalen sehr für ihre Hab' und Güter, daß ihnen die von den Feinden geraubt und hinweggeführt würden. Besonders aber war ihnen angst für eine Glocke, welche auf ihrem Rathaus hing, denn sie

dachten, man würde ihnen dieselbe wegnehmen und Büchsen daraus gießen. Also wurden sie nach langem Ratschlag einig, dieselbe bis zum Ende des Krieges in den See zu versenken und sie alsdann, wenn der Krieg vorüber und der Feind hinweg wäre, wieder aufzuhängen.
Sie tragen sie deswegen in ein Schiff und führen sie auf den See. Als sie aber die Glocke wollen hineinwerfen, sagt einer von ungefähr: »Wie wollen wir aber die Stelle wiederfinden, wo wir sie ausgeworfen haben, wenn wir sie gern wieder hätten?«
»Da lasse dir«, sprach der Schultheiß, »keine grauen Haare wachsen«, ging damit hin und schnitt mit einem Messer einen Kerb in das Schiff an der Stelle, wo sie die Glocke hinausgeworfen, indem er sprach: »Hier bei diesem Schnitt wollen wir sie wiederfinden.«
Also ward die Glocke hinausgeworfen und versenkt. Nachdem aber der Krieg aus war, fuhren sie wieder auf See, ihre Glocke zu holen, und fanden den Kerbeneinschnitt an dem Schiff wohl, aber die Glocke konnten sie darum nicht finden, noch die Stelle im Wasser, wo sie solche hineingesenkt. Sie ermangeln also noch heutigentags ihrer guten Glocke.

Den unbekannten Autoren des *Lalenbuches* und der Gotham-Geschichten ist es gelungen zu zeigen, wie sich Verstellung im Leben einer Gemeinschaft nicht auszahlt, wie leicht aus weisen Menschen durch Gewöhnung Narren werden. Das ist eine nicht gänzlich unaktuelle Lehre. Jedoch nicht alle Narrenstädte konnten von Weisen gegründet worden sein. Vor allem die nicht, in denen die sündhaften Narren lebten. Diesen Typ schildert die folgende arabische Geschichte. Sie stammt aus dem Buch *Al-Mustratraf*.

Ein Kaufmann reiste einmal nach Hims. Dort hörte er, wie ein Gebetsausrufer fälschlicherweise vom Minarett rief: »Ich bezeuge, daß es keinen Gott gibt außer Gott *und daß die Einwohner von Hims bezeugen, daß Muhammad Gottes Gesandter ist*« (statt: »und daß Muhammad Gottes Gesandter ist«).
Da sagte sich der Kaufmann: »Donnerwetter! Ich will doch einmal zum Imam gehen und ihn fragen, was das bedeutet.«
Als er zu ihm kam, sah er ihn eben mit dem Gebet beginnen, und zwar verrichtete er es in der Weise, daß er nur auf einem Fuß stand, während der andere mit Kot beschmutzt war. Darauf begab er sich zum Polizeivorsteher, um ihm diese Scheußlichkeit zu berichten. Als er nach ihm fragte, sagte man ihm, er sei gerade in der Moschee damit beschäftigt, Wein zu verkaufen. Er ging also zu ihm, und da fand er ihn sitzend, in seinem Schoß einen Koran und vor ihm einen Krug voll Wein, indes er den Leuten beim heiligen Koran schwor, daß sein Wein ungemischt

und nicht mit Wasser verpanscht sei. Dabei drängten sich die Leute um ihn, während er verkaufte.
Der Kaufmann sagte sich »Donnerwetter! Ich werde zum Richter gehen und ihm dies vortragen.«
Beim Richter angekommen, klopfte er an die Tür. Als sie ihm geöffnet wurde, fand er den Richter auf dem Bauche liegend, auf seinem Rücken einen Knaben, der widernatürliche Dinge mit ihm trieb. Da rief der Kaufmann aus: »Feuer und Blitz über Hims!«
Als der Richter ihn fragte, warum er diese Verwünschung ausstoße, erzählte er ihm alles, was er hatte mit ansehen müssen.
Da sagte der Richter: »Du Tor! Was den Gebetsausrufer angeht, so ist der unsere krank, und wir haben uns deshalb einen Juden mit lauter Stimme gedungen, der statt seiner zum Gebete ruft. Von ihm kommt der Gebetsruf, den du gehört hast. Der Imam aber ist schnell aus dem Hause gelaufen, als das Gebet beginnen sollte. Dabei ist er mit seinem Fuß in den Kot getreten. Weil die Zeit gedrängt hat, hat er den schmutzigen Fuß vom Gebet ausgenommen und sich nur auf den anderen gestellt. Nach Beendigung des Gebetes hat er ihn gewaschen. Das Verhalten des Polizeivorstehers erklärt sich dadurch, daß jene Moschee keine anderen Stiftungen besitzt als Weinstöcke. Da ihre Trauben aber nicht gegessen werden, keltert er sie zu Wein, verkauft ihn und ver-

wendet den Erlös zum Besten der Moschee. Und schließlich der Knabe, den du hier siehst: Sein Vater ist unter Hinterlassung eines großen Vermögens gestorben. Ich habe die Vormundschaft für den Sohn übernommen. Nun ist er größer geworden, und es sind Leute zu mir gekommen, die mir bezeugt haben, daß er bereits mannbar ist. Ich aber stelle ihn in dieser Beziehung gerade auf die Probe.«
Da verließ der Kaufmann die Stadt und leistete einen Eid, sie nie wieder zu betreten.

Zu einem Übergangstyp zwischen Gaunern und gutmütigen Narren gehören die französischen, genauer normannischen Schildbürger aus Villedieu. Das Motiv der bestohlenen oder vielmehr betrogenen Diebe ist zweifellos orientalischer Herkunft:

Zwei brave Stumpflinge, die schon seit langem ihre Stadt verlassen hatten, um in Coutances ihr Glück zu versuchen, pilgerten an die Stätte ihrer Geburt zurück; sie waren nicht reicher als damals, als sie auszogen. Da sahen sie eine Börse auf dem Weg, deren praller Bauch ihnen wohlgefiel. Sie schauten sich um, ob sie unbeobachtet waren; dann, die Börse ergreifen, sich ihres Inhaltes versichern, war Sache eines Augenblicks. Die beiden Freunde brachen in ein Freudengeschrei aus, als sie feststellten, daß die Börse zweihundert Louisdors enthielt. Es braucht nicht erwähnt zu werden, daß diese braven Normannen keinen Augenblick daran dachten, nach dem Besitzer der Börse zu fahnden: sie waren würdige Söhne jener Stadt, wo die Hunde ihren Herrn nie in den Straßen suchen, sondern am Galgen des Ortes. Sie dachten lediglich darüber nach, wie sie den besten Nutzen aus ihrem Fund ziehen konnten.

Aber die beiden Diebe blieben sich nicht lange einig; sie steckten nicht unter einer Decke. Sie stritten nicht etwa wegen der Verwendung des Geldes, sondern allein wegen der Teilung. Der eine behauptete, er hätte die Börse zuerst gesehen und darum gebühre ihm ein größerer Anteil als seinem Freunde. Der andere stellte nicht geringere Ansprüche als sein Kumpan, indem er vorbrachte, er hätte den Rat gegeben, die Börse zu behalten.

Während sie so ihres Weges gingen, stritten die beiden Freunde so laut, daß ein Bauer aus Sainte-Cécile ihre Unterhaltung hörte und ihnen das Angebot machte, den Streit zu schlichten. Die beiden Stumpflinge hätten sich gern taub gestellt, aber der Mann schien nicht geneigt zu sein, lockerzulassen, im Gegenteil, er forderte sie auf, seinem Rat zuzustimmen, sonst brauche er nur den Oberamtsrichter von Villedieu zu benachrichtigen, der sich des Falles annehmen würde. Von diesem Redeschwall überzeugt, wollten die beiden Stumpflinge nun seinen Rat hören.

Der Bauer riet ihnen, die Börse nicht nach Villedieu mitzunehmen, denn sie würden nur die Habgier ihrer Landsleute herausfordern. Er zeigte ihnen eine hohe Pappel, auf der sich ein großes Elsternnest befand. Dort, sagte er, sollten sie nur ruhig ihre Börse verstecken und sie bei ihrer Rückkehr wieder an sich nehmen. Zur Schlichtung ihres Streites schlug er ihnen vor, dann später zu losen: wer den kürzeren Strohhalm zöge, bekäme den geringeren Teil des Geldes.

Die Stumpflinge willigten mit Freuden in diesen Vorschlag ein. Der eine kletterte auf die Pappel, legte die gefüllte Börse in das Nest, versicherte sich, daß niemand ihn beobachtete, und stieg wieder hinunter.

»Gevatter«, sagte er zu seinem Freund, »wir können ruhig schlafen; niemand hat mich gesehen.«

»Um so besser, Gevatter, nur traue ich der Kuh nicht ganz, die dort auf dem Felde grast; sie sah sehr neugierig aus, als du auf den Baum stiegst. Daß die uns nur nicht verrät!«

»Gevatter, du verlierst den Kopf. Du weißt doch, daß Kühe nicht reden können. Übrigens, wie sollte sie ahnen, warum ich hinaufgeklettert bin.«

»Du hast recht, Gevatter, ich verlasse mich auf dich.«

Die Stumpflinge verließen also den Bauern von Saint-Cécile und kamen in die Stadt Villedieu-les-Poéles. Es braucht nicht gesagt zu werden, daß der räuberische Bauer hurtig auf den Baum stieg, die

Börse mit den Goldstücken an sich nahm, dann, um den Stumpflingen eine wohlriechende Erinnerung an das Nest zu geben, legte er einen ordentlichen Klumpen Kuhmist hinein.
Die Stumpflinge blieben zwei, drei Tage in der Stadt, um ihre Freunde zu besuchen. Dann kehrten sie auf dem Weg nach Coutances zurück.
Am Fuß der Pappel angelangt, kletterte einer von ihnen auf den Baum. Aber welch furchtbare Überraschung! Anstatt die Börse mit den Goldstücken zu ergreifen, zog er seine Hand mit einer Materie beschmiert heraus, deren Gestank sich weithin verbreitete; er begriff nicht, wie dieser seltsame Tausch vor sich gegangen sein konnte.
Der andere raufte sich aus Verzweiflung die Haare. Er sagte in einem fort: »Gevatter, ich hatte es dir ja gesagt, daß die Kuh mir kein Vertrauen einflößte. Sie sah einen so komisch an, und sie ist es, die uns diesen verfluchten Streich gespielt hat.«
»Glaubst du wirklich, Gevatter, daß es die Kuh war?«
»Na hör mal; wer soll es denn sonst gewesen sein? Sie allein hat uns gesehen, und nicht genug damit, daß sie uns bestohlen hat, sie hat sich auch noch über uns lustig gemacht.«
»Zugegeben, Gevatter, da du es sagst, daß die Kuh auf die Pappel geklettert ist; aber was ich nicht verstehe, ist, wie sie oben auf dem Baum den Hintern umgedreht haben soll, um ins Nest zu scheißen.«

Die zweite Geschichte aus Villedieu, der Stadt Gottes, ist viel ursprünglicher. Ich kann natürlich nicht garantieren, daß sie von den guten Normannen von A bis Z erfunden worden ist. Sie wurde zwar bestimmt nicht von Moslems oder Juden übernommen, die ja beide keine Bildnisse Gottes zulassen, vielleicht aber von den Griechen ...

Der liebe Gott von Villedieu

Die Kirche von Villedieu-les-Poéles hatte keinen großen Christus am Eingang zu ihrem Querschiff, und so wurde beschlossen, einen in Coutances zu kaufen. Zwei Stumpflinge wurden damit beauftragt, und es wurde ihnen ausdrücklich eingeschärft, nicht zu handeln, sondern den geforderten Preis zu zahlen.

So zogen sie eines schönen Morgens los, plauderten über dies und jenes, als der eine sich an den Grund ihrer Reise erinnerte und zu seinem Gefährten sprach:

»Gevatter, an eine Sache haben wir nicht gedacht. Wir kaufen einen lieben Gott, aber soll er tot oder lebendig sein?«

»Gevatter, Ihr habt recht. Nun sind wir schon weit fort von Villedieu. Kehren wir um, dann dauert unsere Reise zwei Tage anstatt einen Tag ... Beten wir also zu dem heiligen Venant, er wird uns schon einen guten Gedanken eingeben.«

Die beiden Freunde knieten auf der Straße nieder

und riefen den heiligen Venant an. Nach kurzer Zeit stand der eine Stumpfling auf und sagte zum anderen: »Gevatter, wir sind gerettet; wir kaufen ihn lebendig, wenn unser Pfarrer ihn tot haben will, dann kann er ihn ja totmachen.«

Ob das Sujet eines Schwanks originell ist oder übernommen – das spielt keine Rolle. Zumal die Sujets seit den alten Ägyptern kursieren, und auch damals waren sie höchstwahrscheinlich nicht neu. In der Einleitung zur zweiten Ausgabe seines Buches *Rosinkess mit Mandlen* – es ist das beste Buch der jüdischen Witze, das ich kenne, jiddisch in deutscher Schreibweise und mit Worterklärungen für deutschsprachige Leser herausgegeben – schrieb der vorzügliche Kenner der Folklore Immanuel Olsvanger:

Andere Kritiker wieder, die von der Sorte der schlauen Füchslein, sagten – was denn? –, daß viele von meinen Geschichten gar keine jüdischen seien, weil sie sie auch bei anderen Völkern gehört haben. Haben Sie schon so was Gescheites gehört? Na und? Was ist eigentlich eine jüdische Geschichte? Nach meinem Verstand ist jede Geschichte, die lebendig in jüdischen Städtchen herumgereicht wird, eine jüdische Geschichte. Ein anderes Kriterium, wie die Christen sagen, gibt es nicht … Natürlich, wir wissen doch, daß Hunderte von Geschichten überhaupt international sind ... Diese Internationalität mindert ihren jüdischen Charakter nicht um ein Haar.

Man kann in diesen Ausführungen das Wort »jüdisch« durch »deutsch«, »schwedisch« oder »italienisch« ersetzen – sie werden weiter stimmen. Der Klarheit halber muß man noch sagen, daß Olsvanger die Witze vor dem Ersten und Zweiten Weltkrieg sammelte, als es noch jüdische Städtchen und lebendige jüdische Folklore in Osteuropa gab. Olsvanger zählt Beispiele auf, wie sich die Geschichten bei vielen Völkern wiederholen. Die so typisch jüdische Geschichte »Wie die Stadt Chelm verbrannte« hat er in englischer, italienischer, norwegischer, russischer und persischer Folklore gefunden. Ja, es ist unsere alte Bekannte aus Schilda, bis auf das sprachliche Kolorit fast identisch. Nur in Lalenburg verursachte ein akustisches Mißverständnis das Unglück: Der Wanderer, der den Lalen die Katze verkauft hat, schrie, daß der Mausehund ißt, »was man ihm gibt«, und die Lalen haben verstanden: »Vieh und Leut«. In Chelm war es ein sprachliches Mißverständnis. Den Chelmern hat ein Deutscher aus Königsberg die Katze verkauft. Als sie ihn auf russisch fragten, was das Tier frißt, verstand er nicht und fragte: »Was?« Und das russische Wort »was« bedeutet »euch«. Kein Wunder, daß die Chelmer erschraken. Chelm ist das jüdische Schilda. Salcia Landmann lokalisiert Chelm auf echt Chelmer Art. In ihrem populären Buch *Der jüdische Witz* steht: »Chelm oder Chelmno, deutsch Chelm, das

ostjüdische Schilda, liegt östlich von Lodz.« Ein Chelmer Weiser oder ein Sprecher von Radio Eriwan, was das gleiche in Armenisch ist, würde diese Behauptung so kommentieren: »Im Prinzip ist alles richtig. Cholm heißt die Stadt auf russisch, polnisch heißt sie Chelm. Dafür heißt sie aber deutsch nicht Chelm, sondern Cholm, zumindest der Brockhaus behauptet es. Ein Chelmo gibt es zwar in Polen nicht, es gibt jedoch ein Chelmno, und es liegt tatsächlich östlich von Lodz. Da war jedoch nie eine Witzstadt, sondern ein Vernichtungslager während der Nazi-Okkupation. Das Chelm, um das es geht, liegt in der Wojewodschaft Lublin, etwa 280 Kilometer Luftlinie östlicher. Sonst stimmt alles.«
Die folgende Geschichte wurde der Sammlung *Wenn der Rebbe lacht* entnommen, herausgegeben von Hermann Hakel:

> Der äußerst gutmütige Chelmer Rabbi Joßl Loksch wurde einst fast zornig, als er einen jungen Mann zur Rede stellte. »Man redet über dich! Und weißt du, was man über dich redet? Du bist nicht, wie sich's gehört! Du gehst auf Abwegen …«
> »Was tu ich denn Böses, Rabbi?« fragte der junge Mann.
> »Man spricht nicht gut von dir! Ganz Chelm redet – eine Schande, es laut zu wiederholen –, ganz Chelm redet: Du hast etwas mit einer fremden Frau!«
> »Aber das ist doch nicht wahr, Rabbi!« verteidigte

sich der erschrockene junge Mann. »Rabbi, es ist wirklich nicht wahr!«
Da schrie ihn der Rabbi zornig an: »Was, du Taugenichts! Wahr sein soll es auch noch, verlangst du?«

Ich glaube jedoch, daß diese Geschichte höchstens aus der geographisch und historisch existierenden Stadt Chelm stammen kann, nicht aus der Stadt der Weisen. Schon deshalb, weil ein Rabbi nicht Joßl Loksch heißen kann, denn »Joßl« ist eine wenig respektable Form des Namens »Josef«, und »Loksch« heißt »Nudel«. Er müßte schon »Reb Jossele« heißen oder einfach »der Chelmer Rabbi«.
Eine echte Chelmer Geschichte ist zum Beispiel diese:

Ein Chelmer Weiser ging ins Dampfbad. Man sagt es so – er ging ins Bad. Zuerst hat er aber überlegt, denn wozu ist er ein Weiser? Und er ist zu dem Schluß gekommen, daß im Bad, wo man doch nackt ist, alle Chelmer Weisen gleich aussehen. Wie soll er dann erkennen, welcher von ihnen er ist? Ein Weiser weiß aber immer Rat. Er hat einfach ein rotes Taschentuch mitgenommen, und als er sich ausgezogen hatte, hat er es sich ans linke Bein gebunden. Jetzt war er ganz sicher, daß er nicht verlorengeht. Während des Badens – wer weiß, wie es passiert ist, aber es ist passiert – hat er sein Taschentuch verloren, und ein anderer Chelmer Weiser hat es gefunden. Wohin mit einem Taschentuch, wenn man nackt ist und keine Taschen hat? Er hat es sich ans linke Bein gebunden. Inzwischen war der erste Weise mit dem Baden fertig, wollte sich anziehen und merkte, daß er kein Taschentuch am Bein hatte, also ist er nicht er. Kurzum, er ging sich suchen und fand den Mann mit dem Taschentuch. »Also du bist ich!« sagte er. »Das ist gut.« Dann dachte er nach und schrie: »Aber wer bin ich dann?«

Und hier eine etwas modernere Chelmer Geschichte, Spätchelmer sozusagen, die Immanuel Olsvanger gehört und fixiert hat:

In Chelm gab es einen Teich, gerade in der Mitte des Städtchens. Einige Kaufleute fingen an darüber zu reden, daß es gar nicht schlecht wäre, eine Brücke über den Teich zu bauen, es wäre ja günstig für den Handel auf beiden Seiten.

Da kamen andere, jüngere Chelmer, und sagten, daß es bestimmt nicht verkehrt wäre, eine Brücke zu bauen, nicht aber des Handels, sondern der Schönheit wegen. Wenn es um die Schönheit ginge, wären sie bereit, Geld für den Bau zu geben, wenn es aber für den Handel sein sollte, gäben sie keinen Groschen.

Kamen noch andere, noch jüngere und redeten: »Eine Brücke? Natürlich ist es eine gute Sache!

Nicht aber des Handels oder der Schönheit wegen, sondern damit man auf der Brücke hin und her spazieren kann! Wird die Brücke für das Spazieren gebaut, sind wir bereit, uns an den Kosten zu beteiligen!«
Die drei Parteien zankten sich auf Leben und Tod – jede wollte das ihre durchsetzen! Daß man eine Brücke braucht, damit waren alle einverstanden, nur wozu man sie braucht, darüber haben sie sich ohne Ende gestritten, und Chelm hat bis heute keine Brücke.

Das Motiv der Narrenstadt lebt in der Folklore und in der Literatur weiter, auch in unserer Zeit, und man muß kein Prophet sein, um vorauszusehen, daß es noch ein langes Leben vor sich hat. Denn die Narrheit ist genauso unvergänglich wie der Versuch, sie von sich zu weisen und anderen in die Schuhe zu schieben. Selbst die karge Großstadt-Folklore – wer hat heute schon Zeit, sich etwas auszudenken? – gebärt dauernd neue Narrenstädte, wenn auch spezialisierte: In jeder Großstadt bezeichnen die Motorisierten die Bewohner einer nahe liegenden Kleinstadt oder eines Vorortes als sprichwörtlich schlechte Autofahrer. Auch diese Tradition, irgendeine Art der Narrheit zu lokalisieren, ist sehr alt. Ich berufe mich auf das Zeugnis des ehrwürdigen Abu Osman Amr ibn Bahr al-Basri, genannt Al-Dschihas, »der Glotzäugige«, des berühmten arabischen Schriftstellers des 9. Jahrhunderts.

In seinem *Buch der Geizigen – Kitab al-buhala* – widmet er ein besonderes Kapitel den Chorassanern, denn, wie er sagt, »unter den Menschen wird viel von ihrem Geiz erzählt«. Es handelt sich um dasselbe persische Chorassan, das wir aus der Folklore als allgemeine Narrenstadt kennen.

Narrenstädte – allgemeine und spezialisierte – haben Schriftsteller aller Zeiten beschrieben. Schließlich sind ja die folkloristischen Märchen, Schwänke und Witze nur volkstümlich gewordene Werke unbekannter oder vergessener Autoren. Boccaccio im 14. Jahrhundert in seinem *Dekameron* und Poggio im 15. in seinen *Fazetien* nennen immer wieder – nur so im Vorbeigehen – einen Ort, der für diese oder jene Laster und Narrheiten bekannt ist. Im 16. Jahrhundert erfindet François Rabelais eine ganze Sammlung von Narrenstädten, -ländern und -inseln mit Freßnarren und Fastennarren, mit papistischen und antipapistischen Narren, Diebesinseln und Inseln der ausbeuterischen Rechtsdiener Schikanusen. Dieser Methode bediente sich zwei Jahrhunderte später Jonathan Swift in seinem großartigen *Gulliver*, dessen satirische Schärfe, die noch heute bei weitem nicht abgestumpft ist, auf eine geniale Art unschädlich gemacht wurde – indem man das Buch, wie schon erwähnt, zum Abenteuer-Märchen für Kinder präparierte. Jeder Leser kennt Gulliver aus seiner Kindheit – wie viele kommen auf die Idee, als Erwachsene nach der vollständigen Ausgabe zu greifen, um festzustellen, daß sie Swifts Satire gar nicht kannten? Hier ein Ausschnitt aus dem Kapitel über die Akademie der Erfinder im Lande Balnibarbi, das von der fliegenden Insel Laputa aus regiert wird:

> Vor ungefähr vierzig Jahren begaben sich mehrere Personen nach Laputa hinauf, entweder des Vergnügens oder ihrer Geschäfte wegen. Nachdem sie dort fünf Monate geblieben waren, kehrten sie mit einigen oberflächlichen Kenntnissen der Mathematik, aber auch mit einer Menge Albernheiten zurück, die sie in jener luftigen Region angenommen hatten. Nach ihrer Rückkehr begannen diese Leute an allem hier unten Mißfallen zu finden und Pläne zu schmieden, wie man alle Künste, Wissenschaften, Sprachen und Handwerke ummodeln könnte. Zu dem Zweck verschafften sie sich ein königliches Patent zur Errichtung einer Akademie von Projektemachern in Lagado, und ihre Laune verbreitete sich unter dem Volke mit solcher Schnelle, daß es kaum mehr eine Stadt von Bedeutung im Königreiche gibt, die nicht eine solche Akademie besitzt.
>
> In diesen Kollegien erfinden die Professoren neue Regeln des Ackerbaus und der Baukunst, neue Instrumente für alle Handwerke und Manufakturen. Das Unternehmen geht darauf hinaus, daß ein Mann die Arbeit von zehn verrichten kann; ein Palast soll in einer Woche und von so dauerhaftem Material erbaut werden, daß er, ohne der Ausbesserung zu be-

dürfen, für immer steht. Alle Früchte der Erde sollen zu jeder beliebigen Jahreszeit reif werden und einen um hundert Prozent höheren Ertrag als gegenwärtig liefern; ähnliche glückliche Vorschläge sind in Mengen gemacht worden. Das einzige Unglück besteht nun darin, daß keines dieser Projekte bis jetzt zu irgendeiner Vollkommenheit gelangt ist.
Mittlerweile liegt das ganze Land brach und wüst, die Häuser verfallen, und die Einwohner sind ohne Kleidung und Nahrung. Anstatt hierdurch ermutigt zu werden, verfolgen sie jedoch ihre Entwürfe nur mit desto größerem Eifer, von Hoffnung und Verzweiflung gleicherweise vorwärtsgetrieben.
Diese Akademie ist kein einzelnes Bauwerk, sondern besteht aus einer Reihe von Häusern zu beiden Seiten einer Straße, die man, als sie zu verfallen drohten, kaufte und diesem Zweck nutzbar machte.
Ich wurde von dem Vorsteher sehr gut aufgenommen und besuchte darauf mehrere Tage die Akademie. Jedes Zimmer beherbergte einen oder mehrere Projektemacher, und ich glaube, ich bin in nicht weniger als fünfhundert Zimmern gewesen. Der erste, den ich erblickte, war ein magerer Mann mit rußigen Händen und Gesicht, langen Haaren und einem langen Bart, der zerzaust und an mehreren Stellen versengt war. Kleider, Hemd und Haut waren alle von gleicher Farbe. Er hatte acht Jahre lang das Projekt verfolgt, Sonnenstrahlen aus Gurken zu zie-

hen, die in hermetisch geschlossenen Phiolen aufbewahrt und in rauhen, unfreundlichen Sommern herausgenommen werden sollten, um die Luft zu erwärmen. Er sagte mir, ohne Zweifel werde er nach weiteren acht Jahren imstande sein, die Gärten des Gouverneurs zu mäßigen Preisen mit Sonnenschein zu versorgen. Er beklagte sich jedoch über Mangel an Geld und bat mich, ihm zur Ermutigung des Genies etwas zu geben, besonders da die Gurken in diesem Jahr sehr teuer gewesen seien. Ich gab ihm ein kleines Geschenk, denn mein Herr hatte mich zu dem Zwecke mit Geld versehen, weil er die Gewohnheit jener Leute kannte, von jedem, der sie besuchte, etwas zu erbetteln.

Ich ging in ein anderes Zimmer, doch war ich schon im Begriff, mich schnellstens wieder zurückzuziehen, da mich ein furchtbarer Gestank beinahe überwältigte. Mein Führer aber schob mich vorwärts, indem er mich im Flüsterton beschwor, kein Ärgernis zu erregen, was man mir im höchsten Grade übelnehmen würde, und so wagte ich nicht einmal, mir die Nase zuzuhalten. Der Projektemacher in dieser Zelle war der älteste Gelehrte der Akademie. Gesicht und Bart waren von blassem Gelb, Hände und Kleider mit Kot bedeckt. Als ich ihm vorgestellt wurde, umarmte er mich herzlich (ein Kompliment, das ich gut hätte entbehren können). Seit seinem Eintritt in die Akademie beschäftigte er sich mit dem

Versuch, menschliche Exkremente durch Scheidung der verschiedenen Bestandteile, durch Entfernung der Färbung, wie sie durch die Galle entsteht, des Geruchs und des Speichels wieder in Nahrungsmittel zurückzuverwandeln. Die Gesellschaft hatte ihm dazu wöchentlich ein mit Menschenkot gefülltes Gefäß von der Größe einer Schiffstonne bewilligt.
Ich sah einen andern, der Eis in Schießpulver oxydieren wollte. Dieser zeigte mir auch eine Abhandlung, die er über Hämmerbarkeit des Feuers geschrieben hatte und die er herausgeben wollte. Auch befand sich dort ein wahrhaft genialer Architekt, der eine neue Methode des Häuserbauens entwickelt hatte, nach der man mit dem Dache anfangen und so bis zum Fundamente fortfahren sollte. Er rechtfertigte dieses Verfahren durch die Bauart der beiden klügsten Insekten, der Biene und der Spinne.
Es gab dort einen Blinden, der mehrere Lehrlinge hatte, die ebenfalls blind waren. Ihre Beschäftigung bestand darin, Farben für Maler zu mischen; ihr Lehrer hatte sie nämlich gelehrt, diese durch Gefühl und Geruch zu unterscheiden. Zu meinem Unglück hatten sie damals noch keine großen Fortschritte gemacht, und auch der Professor irrte sich zufällig ständig. Dieser Künstler findet bei der ganzen Bruderschaft viel Ermutigung und Achtung.
In einem anderen Zimmer fand ich viel Vergnügen an einem Projektemacher, der eine Erfindung ge-

macht hatte, das Land mit Schweinen zu pflügen, um die Kosten des Pflugs, des Rindviehs und der Arbeit zu ersparen. Seine Methode ist folgende: Man verbirgt in einem Acker acht Zoll tief und sechs Zoll voneinander entfernt eine Anzahl Eicheln, Datteln, Kastanien und anderes Mastfutter, das bei jenen Tieren besonders beliebt ist. Hierauf treibt man eine Herde von sechshundert Stück oder mehr auf das Feld, wo die Schweine bei der Nahrungssuche in einigen Tagen den Boden so aufwühlen, daß er sich zur Saat eignet, und ihn zugleich mit Dünger versehen. Kosten und Mühe erwiesen sich bei dem Experiment zwar als sehr hoch, und man hatte geringe oder gar keine Ernten; aber man zweifelt nicht daran, daß diese Erfindung noch sehr verbessert werden kann. Ich ging in ein anderes Zimmer, wo Wände und Decken mit Spinnweben gänzlich bedeckt waren; nur ein kleiner Weg war dem Künstler zum Ein- und Ausgehen geblieben. Als ich eintrat, rief er mir mit lauter Stimme zu, ich solle seine Spinngewebe nicht beschädigen. Er beklagte, daß die Welt so lange an dem unglücklichen Irrtum gehangen habe, Seidenraupen zu benutzen, wo man doch eine solche Menge häuslicher Insekten habe, die die Seitenraupen bei weitem überträfen, weil sie sowohl weben als auch spinnen könnten. Auch war er der Meinung, durch die Verwendung der Spinnen würden die Kosten des Färbens der Seide gänzlich eingespart wer-

den, wovon ich ganz und gar überzeugt wurde, als er mir eine Unmenge sehr schön gefärbter Fliegen zeigte, mit denen er seine Spinnen fütterte, und behauptete, die Spinnweben würden dadurch eine bestimmte Färbung erlangen. Da er nun Fliegen von allen Farben besitze, so hoffe er, den Geschmack eines jeden zu befriedigen, sobald er aus Gummi, Ölen und anderen klebrigen Stoffen ein passendes Futter für die Fliegen gefunden habe, das den Fäden des Gewebes Stärke und Festigkeit verleihen werde.
Als ich über einen leichten Anfall von Kolik klagte, brachte mich mein Führer in ein Zimmer, wo ein großer Arzt wohnte, der durch die Behandlung dieser Krankheit berühmt geworden war. Er hatte einen großen Blasebalg mit einem langen und schmalen Mundstück aus Elfenbein. Dieses führte er acht Zoll tief in den After ein und behauptete, er könne, indem er den Wind herauszöge, die Eingeweide so schlaff machen wie eine getrocknete Blase. War aber die Krankheit zu hartnäckig und heftig, so steckte er das Mundstück in den Leib des Patienten hinein, nachdem er den Blasebalg voll Wind gepumpt hatte, und entlud ihn in die Eingeweide; alsdann zog er sein Instrument zurück, um es wieder zu füllen, während er unterdessen mit seinem Daumen die Öffnung des Hintern zuhielt. Nachdem dies dreioder viermal wiederholt war, strömte der heilbringende Wind heraus und riß den schädlichen mit sich

(wie man Wasser in eine Pumpe schüttet, um sie zu reinigen), so daß der Patient gänzlich genas. Ich sah, wie er beide Experimente bei einem Hunde machte, konnte jedoch bei dem ersten keine Wirkung bemerken. Nach dem zweiten war das Tier dem Bersten nahe und entlud sich so furchtbar, daß es mir und meinem Führer sehr ekelhaft war. Der Hund starb auf der Stelle, und wir verließen den Doktor, als er ihn durch die gleiche Operation wieder zum Leben zu erwecken suchte.

Ich besuchte noch viele andere Zimmer, aber ich werde den Leser nicht mit all den Merkwürdigkeiten langweilen, die ich beobachtete, da ich mich der Kürze befleißige.

Natürlich hat Swift diese Akademie der Verrückten und Schmarotzer geschaffen, um die Verhältnisse im England seiner Zeit zu verspotten. Fleißige Literaturhistoriker haben herausgefunden, gegen wen im einzelnen die Hiebe gerichtet sind. Es gab zum Beispiel damals ernstgemeinte Experimente mit dem Spinnengewebe. Das Bild hat jedoch eine allgemeine Gültigkeit und ist aktuell geblieben.

Swift arbeitet mit seiner satirischen »Geographie« besonders raffiniert. Sein Held verteidigt quasi das englische Gesellschaftssystem – die Verteidigung wird jedoch zur Entlarvung, weil seine Gesprächspartner – etwa die Riesen von Brobdingnag und edlen Pferde Houyhnhms eine viel bessere und gerechtere Gesellschaft haben. Swift hat

nämlich in seinem Roman neben Narrenländern auch utopische Idealstaaten aufgebaut.
Meiner Meinung nach gehört die ganze utopische Literatur zu der Gattung der satirischen Narrenliteratur, und zwar aus mehreren Gründen. Erstens ist jede Utopie eine umgekehrte Satire. Indem ein Autor eine glückliche und ideale Gesellschaft schildert, die es nicht gibt, macht er die ganze reale Welt zu einem großen Narrenland. Zweitens, falls der Autor glaubt, daß man seine Utopie verwirklichen kann, macht er sich selbst zum Narren. Drittens, jedes utopische Land hat Narren als Einwohner. Entweder sind sie alle so edel und selbstlos, daß es eine die Selbsterhaltung gefährdende Narrheit ist; oder – und das ist in den meisten utopischen Visionen der Fall, in den literarischen sowie in denen, die man zu verwirklichen versuchte – die edle Führerschicht muß den anderen ihr Glück aufzwingen. Mit Hilfe der Gesetze, des gesellschaftlichen Drucks, der Polizei, der Zensur und anderer Formen der obrigkeitlichen Aufsicht. Also: Ist das Glück echt, dann sind die Leute Narren, die man dazu erst zwingen muß; ist es aber nicht echt, dann sind böse Narren diejenigen, die es den Menschen aufzwingen wollen. Somit liegt der größte Wert jeder Utopie, wenn nicht der einzige, in ihrer negativen, satirischen Wirkung.
Ich möchte mich jetzt nicht weiter mit den utopistischen Werken beschäftigen, das würde uns zu weit führen. Es gibt genug Bücher, die sich unmittelbar zur Narrenliteratur bekennen.

Manche Satiriker okkupieren einfach für ihre Werke die altbekannten Städte der Narren. So hat Christoph Martin Wieland im Jahre 1774 *Die Abderiten – eine sehr wahrscheinliche Geschichte von Herrn Hofrath Wieland* herausgegeben. Er hat selbst dieses Buch als »eine idealisierte Komposition der Albernheiten und Narrheiten des ganzen Menschengeschlechts, besonders unserer Nation und Zeit« charakterisiert. Diese Charakteristik trifft selbstverständlich auf alle Narrengeschichten zu. Wieland übernimmt die Abderiten als Typen, als Sinnbild der bornierten Spießbürger. Von den ursprünglich abderitischen Anekdoten hat er nur ganz wenige im ersten Teil des Buches verarbeitet. Die Geschichte der Stadt, die Beziehung der Abderiten zu großen Männern wie Demokritos, Hippokrates und Euripides gibt Wieland Gelegenheit, die Abderiten zu entlarven und vieles satirisch zu glossieren.
Der Streit um Werte wie des Esels Schatten ist in der Folklore bekannt. Zum Beispiel mußte Hodscha Nasr-ed-Din einst zwischen einem Kebab-Verkäufer und einem armen Mann vermitteln, der sein Brot über den Holzkohlenrost hielt, damit es den Duft des Fleisches aufnimmt. Der Wirt verlangte für den Duft Geld – Hodscha verurteilte den Nutznießer des Duftes zur Zahlung: mit dem Klingeln des Geldes.
Wielands – oder Lukians – Motiv haben auch Ludwig Fulda und Friedrich Dürrenmatt fürs Theater bearbeitet. Jiří Voskovec und Jan Werich, die berühmten Prager »intellektuellen Clowns« der dreißiger Jahre haben daraus

für ihr »Befreites Theater« im Oktober 1933 eine scharfe antifaschistische Satire gemacht. Sie spielte sich natürlich in Abdera ab.
Ein anderer deutscher Autor suchte sich seine Narrenstadt näher. In der *Denkwürdigen Geschichtschronik der Schildbürger in zwanzig lesenswürdigen Kapiteln* verarbeitete und entwickelte Ludwig Tieck einige Geschichten aus dem *Lalenbuch* und fügte eigene hinzu. In den zwanzig Jahren zwischen Wielands *Abderiten*, 1774, und Tiecks *Schildbürger*, 1794, veränderte sich die Situation in Europa – es gab inzwischen die Französische Revolution. Das machte sich auch in Schilda bemerkbar, wie der folgende Ausschnitt zeigt:

> Die Einwohner glaubten sehr bald, Ursache zu haben, die Wahl ihres neuen Bürgermeisters zu bereuen. Gleich beim Anfang seiner Regierung zeigte er eine große Abneigung gegen alle Künste und Wissenschaften, die er nur für unnützen Zeitvertreib der Müßiggänger ansah. Was aber den Staat in die größte Verwirrung brachte, war, daß der Regent allen auswärtigen Handel untersagte und die Verordnung gab, daß man alle Bedürfnisse im Lande selber erzeugen solle. Das Land war sehr klein und brachte weder Baumwolle noch Wein, weder Zitronen noch schlesische Leinwand hervor, so daß den Einwohnern nach diesem Befehle fast nichts mehr übrigblieb. Er verordnete ebenfalls, daß alle Bücher, die

im Lande gelesen würden, auch im Lande geschrieben werden sollten; er verbot die Einfuhr allen fremden Verstandes; denn er sagte, die Sachen in den Büchern sind entweder bekannt oder unbekannt; im ersten Falle können sie ungelesen bleiben, im zweiten aber gar leicht gefährliche Folgen haben, da sie nicht im Lande ersonnen sind. Alle Schriftsteller und Künstler mußten daher Landeskinder sein; und so litten die Einwohner großen Mangel an geistiger und körperlicher Nahrung. Die Schildbürger gaben sich untereinander ihr Mißvergnügen zu verstehen, und die Ältesten unter ihnen schüttelten über die Einrichtungen des neuen Bürgermeisters sehr die Köpfe. Sie fürchteten für die Wohlfahrt des Staates, besonders da sie sahen, daß der Regent sich selber nicht scheute, Konterbande zu machen und seine Kleider aus fremden Ländern zu holen, um sie nur kostbarer zu machen. Es fing an, im Lande eine schwüle Luft zu entstehn, die gewöhnlich vor einem Gewitter hergeht. Man hörte jedermann murren, man kam in der Schenke häufiger zusammen und blieb länger als gewöhnlich. Die Leute fingen an, über die Menschenrechte zu denken und zu sprechen; einige Redner standen auf, die den übrigen ihre verworrenen Begriffe auslegten. In jeder Gesellschaft sprach man gern über die Staatseinrichtungen, jedermann tadelte, und es währte nicht lange, so belegte man Caspar mit dem Namen eines Tyrannen. Alles dieses war für den feinern Politiker von schlimmer Vorbedeutung, der mit viel Wahrscheinlichkeit eine Veränderung des Staates vorhersagen konnte. Es geschah von ungefähr, daß durch ein Versehen der Brief eines Auswärtigen an einen Einwohner in Schilda dem Bürgermeister in die Hände fiel. Aus diesem Briefe wurde deutlich, daß viele Bürger damit umgingen, in Schilda eine Empörung zu veranstalten, das alte Regiment umzustürzen und ein neues einzurichten. Man ließ sogleich diesen Empörer, an den der Brief gerichtet war, einziehn sowie die übrigen, die in dem verdächtigen Schreiben genannt waren. Man untersuchte ihre Papiere und fing ihre Briefe auf, und es fand sich, daß immer mehr Leute eingezogen werden mußten, weil der eine oder andere Umstand in diesen Briefen vorkam, der sie verdächtig machte. Da man jeden Wink benutzte, so hatte der Verdacht gar kein Ende, und die eigentliche Untersuchung der Sache konnte immer noch nicht ihren Anfang nehmen. Die Schildbürger lebten in der größten Angst, da sie so viele von ihren Freunden und Bekannten im Arreste sahen und mit jedem Tage andre ins Gefängnis gesteckt wurden. Der öffentliche Kerkermeister hatte mit ihrer Verpflegung alle Hände voll zu tun und erschrak, als das Gefangennehmen immer noch kein Ende nehmen wollte. Schon saß ganz Schilda in den Gefängnissen, als sich noch ein Brief fand, der auch den Kerker-

SCHILDA
SCHILDA

meister verdächtig machte, ja, was noch mehr war, ein andres Schreiben schien sogar den Bürgermeister selbst als einen Empörer anzuklagen. Der letzte ließ sich daher, um zu zeigen, daß er ein guter Bürger sei, gefangensetzen, und der Kerkermeister mußte sich selber bewachen. Da nun kein Gericht gehalten werden konnte, der Kerkermeister also nicht die Erlaubnis erhielt, frei herumzugehn, so kümmerte sich niemand um die Gefangenen, und sie mußten in ihrem Arreste hungern und große Not leiden. Statt in den gewöhnlichen Häusern zu wohnen, lagen die Einwohner im Kerker einquartiert und wußten nicht, woran sie waren, bis sie endlich, von Hunger und Ungeduld getrieben, alle zugleich herausstürzten, durch die Gassen liefen und einmütiglich ausriefen, daß die Empörung nun wirklich ausgebrochen sei.

Zu den unzähligen Städten der Narren aus der Folklore haben die Schriftsteller noch viele neue Städte und Länder hinzugedichtet. Der große russische Satiriker Michail Saltykow-Schtschedrin erbaute die Stadt Glupow – etwa Dummburg –, aber die existierende Provinz Poschechonje und andere Provinzen sahen bei ihm auch nicht viel anders aus. Der Franzose Anatole France entdeckte die »Insel der Pinguine« – das Vogelvölkchen wurde durch den Irrtum eines kurzsichtigen Heiligen getauft und mußte dann eine menschliche närrische Geschichte durchmachen, eigentlich ohne Schuld. Gregor von Rezorri vereinte Hunderte orientalischer und jüdischer Geschichten mit seinen eigenen historischen Kenntnissen und schuf das Land Maghrebinien. Stanislaw Lem verlegte in seinen *Robotermärchen* Narrenstädte und -planeten ins Weltall.

Es gibt auch liebenswerte Narrenstädtchen – sie sind närrisch, weil menschlich, und sie sind von ihren Autoren geliebt – wie Gogols Mirgorod, wie Kasrilewke von Scholem Alejchem, wie Clochemerle von Gabriel Chevalier … Und alle Autoren wissen und sagen, daß diese Städte überall beliebt sind, weil sie – so Gregor von Rezzori – in unserer Seele sind.

Die Städte der Narren haben verschiedene Namen – die Narren sind überall gleich. Denn es sind unsere Narren, aus unseren Ärmeln, die wir versuchten, in einige Städte zu verbannen. Schilda und Abdera sind überall. Die Lalen sind ja nach dem Untergang Laleburgs in die ganze Welt ausgewandert. Das jüdische Sprichwort »Der Narr hat keine Stadt« hat doch recht, denn es sagt: »Der Narr hat keine Stadt, weil er überall zu Hause ist.«

Ich bitte um Verzeihung für diesen närrisch moralisierenden Schluß. Er liegt jedoch in der Tradition der Narrenliteratur, die von Narren, über Narren und für Narren geschaffen wurde. Wer glaubt, daß er kein Narr ist, ist ein Abderit und Schildbürger.

Die Wahrheit unter der Schellenkappe?
Von Hofnarren und Narrenfreiheit

Die Literatur, die Folklore und die Geschichtsschreibung, die eine Mischung aus Folklore und Literatur ist, haben uns das Bild des edlen und weisen Hofnarren übermittelt, dessen Aufgabe es war, den Mächtigen die Wahrheit zu sagen.

Jeder Satiriker liebt dieses Bild, in dem er sich selbst sieht, denn die schwerverkäufliche Wahrheit ist die einzige Ware der Satiriker. Und tun sie es nicht dem Hofnarren ähnlich, wenn sie diese bittere Arznei in lustiger Verpackung anbieten, in der Hoffnung, daß man sie so eher schlucke? Auch für den Hofnarren war der Spaß, das bunte Kleid, die Kappe mit Schellen, das komische Zepter genannt »Marotte« seine Arbeitskleidung.

Nicht nur Satiriker, alle wahrheitsliebenden Menschen beneiden den Hofnarren um seine Narrenfreiheit, denn die Wahrheit zu sagen war schon immer ein risikoreiches Unternehmen. Ein mongolisches Sprichwort lehrt uns zwar: »Die Wahrheit sollst du selbst von einem Affen hinnehmen«, das ist aber nur ein frommer Wunsch. Die klugen Armenier sagen: »Wer die Wahrheit sagen will, muß mit einem Fuß im Steigbügel stehen.« Wäre es nicht schön, so einen schellenden Schutzanzug zu besitzen, der dem Wahrheitsliebenden Sicherheit bietet? Ich bin zwar nicht ganz sicher, ob sich Wahrheit und Liebe mit Sicherheit vertragen, das ist aber eine andere Geschichte. Ich fürchte jedoch, daß die Sage von der großen Wahrheitsliebe der Hofnarren zum größten Teil eben nur eine Sage ist, eine romantische Legende, wie alle Geschichten von unsterblicher Liebe. Allerdings hat diese Sage hervorragende Zeugen und Bürgen. So schrieb der Humanist Erasmus von Rotterdam in seiner genialen Satire *Lob der Torheit* im Jahre 1509:

> Was sagt ihr dazu, daß sogar die mächtigen Könige an den Toren ihr größtes Vergnügen haben und daß einige von ihnen nicht einmal ihr Frühstück anders als in der Gegenwart meiner Schützlinge einnehmen und daß sie keinen Schritt tun ohne ihre Begleitung, ja nicht ein Stündlein auf sie verzichten wollen? Meine Spaßmacher kommen bei den Mächtigen himmelweit vor jenen mürrischen Weisen, denen sie nur deshalb Gnadenbrot geben, weil es ihr Ehrenstandpunkt so verlangt. Daß die Könige diesen Unterschied machen, das hat wohl seinen deutlichen Grund und braucht nicht zu verwundern, denn die Philosophen schwatzen ja nur über traurige Dinge vor ihren fürstlichen Herren, und es kommt auch vor, daß sie, auf ihr Wissen pochend, sich erlauben, die verwöhnten Ohren mit bissigen Wahrheiten zu

strapazieren. Der Tor aber bietet seinem Fürsten das, was er und alle seinesgleichen am liebsten hören: Witze, Lachen, Späße und heiteren Unsinn. Und achten nun weiter auch auf das nicht zu verachtende Privileg der Toren, daß bei Hofe sie allein ohne Umschweife die Wahrheit sagen dürfen – und was wäre höher zu schätzen als die Wahrheit? Mag Alkibiades sie nach einem Wort des Platon nur im Wein und bei den Kindern sehen, so steht doch mir in besonderem Maße dieses Lob zu; Euripides bezeugt durch sein bekanntes Wort: »Törichtes Zeug spricht nämlich der Tor.« Denn was ihm auf der Seele liegt, davon macht der Tor auch in seiner Miene kein Hehl, und er kündet es deutlich in Worten. Die Philosophen dagegen, so sagt wiederum Euripides, haben zwei Zungen, eine für die Wahrheit, die andere für das, was Zeit und Umstände gerade verlangen. Sie beherrschen die Kunst, aus Schwarz Weiß zu machen, und aus dem gleichen Grund können sie Warmes und Kaltes ausatmen und ist in ihren Herzen ganz anderes verborgen, als was ihre Worte kundtun.

Mögen die Fürsten noch so im Glück leben, so erscheinen sie doch darob sehr bedauernswert, daß sie von niemand die Wahrheit zu hören bekommen und daß sie lauter Schmeichler und keine wirklichen Freunde um sich haben. Doch man könnte sich auf den Standpunkt stellen, daß Fürsten von der Wahrheit nichts wissen wollen und daß sie deshalb den Philosophen aus dem Wege gehen, da sie fürchten müßten, es könne einer darunter sein, der über ein loses Mundwerk verfügt und sich getraut, sie eher zu tadeln, als ihnen nach dem Mund zu reden. Gewiß, Monarchen schätzen die Wahrheit nicht, aber eben dies ist es, was meine Anhänger so auszeichnet, daß nicht nur die Wahrheit, sondern sogar die offene Schmähung aus ihrem Mund bereitwillig hingenommen wird; ja, die gleichen Reden, die einem Philosophen die Todesstrafe einbrächten, bereiten, wenn sie aus dem Mund eines Toren kommen, größtes Vergnügen. Der Wahrheit wohnt eben von Natur aus die Macht inne, Lust zu verbreiten, sobald sie von jedem beleidigenden Unterton befreit ist; doch diese zu bewirken, haben die Götter einzig dem Toren zugestanden.

Der Satiriker, der Philosoph kann sich leicht mit dem Toren identifizieren, weil er keine Komplexe in bezug auf seine Vernunft hat. Die Behauptung, daß die Narren die Wahrheit sagen, ist nicht immer wahr. Sie ist nur die Umkehrung der in jahrtausendelangen Erfahrungen entstandenen Regel, daß, wer den Mächtigen die Wahrheit sagt, ein Narr ist.

Natürlich könnte der Affe aus dem mongolischen Sprichwort, wenn er reden könnte, eher die Wahrheit aussprechen als jeder andere, weil er nicht fähig ist, die Folgen zu bedenken. Aus demselben Grund mutet man die Wahrheitsverkündung den Kindern, den Betrunkenen und den Narren zu. Offenbar steckt die Wahrheit in jedem Menschen, man braucht jedoch, um sie ans Licht zu bringen, entweder Mut oder Dummheit. Ist also Dummheit der Mut der Törichten, muß Mut die Torheit der Weisen sein.

Wenn es um die Wahrheit geht, wird unheimlich viel gelogen. Vor allem die Wahrheitsliebenden belügen gern sich selbst, um die Wahrheit auf den Thron zu heben.

Nüchtern gesehen, ist die statistische Wahrscheinlichkeit, daß ein echter Tor – der doch nicht imstande sein kann, die Wahrheit von der Lüge zu unterscheiden –, die Wahrscheinlichkeit also, daß ein wirklicher Dummkopf unbewußt die Wahrheit sagt, sehr gering. Sie steht keineswegs eins zu eins, denn Wahrheiten gibt es viel weniger als Lügen.

Manche behaupten sogar, daß es nur *eine* Wahrheit gibt, sie sind aber Narren. Oft sogar intolerante, böse Narren. Man glaubt also gern, daß die Berufsnarren allesamt weise Menschen waren, die sich nur dumm stellten, um die Wahrheit sagen zu können. Ist dieser Glaube nicht närrisch?

Aber ist es andererseits so klug, närrischen Glauben aufzugeben? Immerhin hatte ich nachahmenswerte Vorgänger – siehe Erasmus oder zum Beispiel Shakespeare –, als ich vor Jahren, noch in der Tschechoslowakei, voll Liebe und Neid ein Lob auf den Hofnarren schrieb:

Und da ist der Narr des Königs – der königliche Narr. Obwohl – weise Narren gab es nur bei weisen Königen. Lec sagt: »Die Herrscher gewährten den Narren Privilegien, doch diejenigen konnten diese nicht gewähren, die sich nicht als Herrscher fühlten.« Und einem dummen König die Wahrheit ins Gesicht zu sagen, ist nicht nur eine törichte und gefährliche, sondern vor allem eine völlig überflüssige Narretei. Wenn der Narr also seinem Herrn die herbe Wahrheit sagt, ist das ein Ausdruck von Hochachtung und Vertrauen. Die Vernunft hat nämlich die unangenehme Eigenschaft, daß man sie nur in einem Bündel mit der eigenen Haut zu Markte tragen kann. Und so pflegt ein Narr, der mit seinem Vertrauen hasardiert, bald einen Kopf kürzer zu sein, was recht unangenehm ist, da man ohne Kopf insbesondere kein Narr sein kann. Dieser einfache Mechanismus garantiert, daß jeder Herr die Narren hat, die er verdient.

Ein Narr war immer eine Karikatur seines Herrn, und das war für einen weisen König sehr wertvoll – damals gab es nämlich noch keine Watschenmänner aus Kunststoff, wie die japanischen Fabrikanten sie in ihren Fabriken aufstellen, damit ihre Angestellten daran ihr Mütchen kühlen können. Es war besser, wenn die Untertanen über den König im Narren als über den Narren im König lachten.

Dumme Könige hielten sich statt der Narren Zwerge und Mißgeburten, die nur die Purzelbäume, die sie schossen, und die Tritte, die sie bekamen, mit den echten Narren gemein hatten. Eine solche Narrenmißgeburt erkennt man daran, daß sie sich selbst todernst nimmt, wütend um sich tritt und ihre Purzelbäume als Motor der Weltgeschichte betrachtet. Ein echter Narr ist immer ein Philosoph. Davon zeugt schon die Tatsache, daß er die Macht des Gelächters kennt und sein Narrenkleid ihn nicht stört.

Die Maske eines Possenreißers, zum Unterschied von der Maske eines Gangsters oder Demagogen, verbirgt doch nichts. Im Gegenteil, sie dient dazu, daß jeder ihren Träger auf den ersten Blick erkennt. In der Methode des Narren, sich selbst lächerlich zu machen, wenn er die Mängel der Gesellschaft verspotten will – die Dummheit vorzuspiegeln, um die Zuschauer zu überzeugen, daß sie klug sind, um sie als Verbündete gegen die Dummheit zu gewinnen –, liegt eine ganze Schule der Philosophie. Nicht nur die Methode, sondern auch das Ziel werden durch eine uralte Erfahrung der Philosophie bestimmt: den Kampf gegen die menschliche Dummheit. Diese scheinbar harmlose, scheinbar nicht gerade hyperaktuelle und – aus der Perspektive der Geschichte gesehen – recht hoffnungslose Beschäftigung ist stets von neuem gefährlich, denn Dummheit ist stets reaktionär und Blödheit antihuman.

Im übrigen, wer von den Philosophen spielte nicht

die Rolle eines Narren, gerade, weil er ein Philosoph war? Hat man über Sokrates wenig gespottet? War etwa Diogenes nicht einer der Vorfahren des Clowns? Sein Faß zog ebensogut die Aufmerksamkeit seiner Zeitgenossen auf seine Wahrheit wie eine Schellenkappe.
In der Genealogie des Clowns findet man auch den »dummen Hans« aus dem Märchen, der nicht dumm ist, nur naiv und nicht angepaßt, weil er an schlichte Wahrheiten glaubt; der Clown bewahrt sich diese Naivität bewußt, denn auch er glaubt an einfache Wahrheiten und paßt sich keineswegs deshalb nicht an, weil er's nicht könnte, sondern weil er nicht will. Davon zeugt seine auffällige Maske – während die erste Bedingung für die Anpassung in einer unauffälligen Nichtunterscheidbarkeit besteht.
Der traurige Ritter von La Mancha, der nur deshalb zum Narren wurde, weil er an Ehre und Gerechtigkeit glaubte, legte allen Clowns die Romantik in die Wiege – der Glaube an Vernunft und Wahrheit ist doch eine Narrheit gleicher Art. Doch beraubt den Narren dieser romantischen Donquichotterie – übrig bleibt ein bloßer Possenreißer, ein kaspernder Hanswurst, der dem Wort »Narr« einen schmähenden Sinn verleiht.

Die romantische Sehnsucht nach Narrenfreiheit für die Wahrheit, die sich in diesem Text spiegelt, ist verständlich

– er wurde in einem Lande geschrieben, in dem die Herrschenden niemandem erlauben, die Wahrheit zu sagen, weil sie sie nur für sich selbst in Anspruch nehmen. Allerdings nicht, um die Wahrheit zu sagen.
Die Erfahrungen mit diesen Herrschenden und mit ihren treuen Hofnarren ließen mich schon damals ahnen, daß es solche und solche Narren gab. Schließlich waren es Angehörige des Hofstaates, ja Favoriten des Herrschers – solche Posten kriegt man nicht umsonst.
Manés Sperber, ein vorzüglicher Kenner der Tyrannis, die er theoretisch studiert und praktisch erlebt hat, charakterisiert die parteigelenkten sowjetischen Schriftsteller so:

> Diese Schriftsteller waren, sind noch heute Hofnarren der Diktatur, die ihnen totalitär-despotisch die Narrenfreiheit versagt, hie und da unangenehme Wahrheiten auszusprechen, welche jeder kennt und niemand sonst bekennen darf. Zur Zeit Stalins mußten sie das herrliche Leben bejubeln, das dem Sowjetvolk die Gnade und die Weisheit Stalins bescherte. Sie brachten das Kunststück zustande, so laut zu jubeln, daß man trotz Jagoda, Jeschow und Berija ihr Zähneklappern nicht vernehmen konnte.

Narren ohne Narrenfreiheit sind eine sinnlose und traurige Erscheinung, wie linientreue Hofsatiriker. Und es gab sie immer. Den einen wollte man die Narrenfreiheit nicht geben, die anderen wollten sie gar nicht in Anspruch nehmen. Nichts Neues unter der Sonne, wie König Salomo, der Prediger, sagte. Übrigens, manche Historiker sind zu dem Schluß gekommen, daß er an seinem Hof zahlreiche Narren hatte. Es ist sehr wahrscheinlich, denn sein Hofstaat war groß und prächtig. Sie dienten aber eher der Belustigung, denn nach Wahrheit suchte der König selbst.

In Zeiten, in denen es verhältnismäßig ungefährlich ist, die Wahrheit offen zu sagen, neigt man dazu, jene armseligen Kreaturen zu vergessen – die romantische Version gewinnt die Oberhand.

In einem neuen Brockhaus steht:

> Zu Hofnarren machte man mitunter Männer von verkrüppeltem oder zwerghaftem Wuchs (zum Beispiel Karl Phillips von der Pfalz Zwerg Perkeo), hauptsächlich aber solche mit kritischsatirischem Witz, die unter der Maske der Torheit ein Zerrbild ihrer Zeit zu entwerfen fähig waren; als »lustige Räte« unterhielten sie die Hofgesellschaft und genossen dafür »Narrenfreiheit« (zum Beispiel unter Maximilian I. Kunz von Rosen). Gelegentlich gewannen sie auch politischen Einfluß als fürstliche Ratgeber.

Je weiter man in der Zeit zurückgeht, sind die Stichworte über Hofnarren in den Enzyklopädien gründlicher. Brockhaus 1969 widmete ihnen 27 Zeilen, das *Universal-*

Lexikon der Gegenwart und Vergangenheit aus dem Jahre 1843 eineinhalb Spalten, die *Allgemeine deutsche Real-Encyklopädie* 1820 fast zwei Seiten. In jenen Jahren formulierte man die Aufgaben des Hofnarren vorsichtiger und weniger romantisch als heute. Es war einfach eine »lustige Person an einem fürstlichen Hof, dessen Geschäft es war, den Hof durch lustige Einfälle zu unterhalten«. Die Enzyklopädisten vor hundertachtzig Jahren haben einfach ausgiebig aus dem Buch *Geschichte der Hofnarren* zitiert, von Karl Friedrich Floegel, Professor der Philosophie bei der Königlichen Ritterakademie zu Liegnitz, bei David Siegert in Liegnitz und Leipzig im Jahre 1789 herausgegeben:

> Der Charakter der Hofnarren ist seit je her gar sehr verschieden gewesen; einige waren von grober Art, als Claus Narr, welche alles herausredeten, was ihnen einfiel, keinen Unterschied unter den Personen und Zeiten machten, sich der gröbsten Possen, Unflätereien und Zoten bedienten, und wenn auch manchmal ein witziger Einfall mit vorkam, so wurde er doch von hundert einfältigen und dummen Einfällen verdrungen. Andre im Gegentheil waren witzige, sinnreiche Köpfe, wie Brusquet und Angeli in Frankreich, schlaue Hofleute von der feinsten Art. Von dieser letzten Art der Narren sagt Tommaso Carzoni: sie nähern sich in ihren Reden und Handlungen niemals der Grobheit, sie befleißigen sich der

Höflichkeit und des Wohlstandes in allen Sachen, sie sind voll lustiger Reden, artiger Erzählungen, kurzweiliger Gespräche, lächerlicher Sprüchwörter, und ihr Umgang ist so annehmlich, daß man sie muß lieb haben. Andre waren bloß Tellerlecker, Schmarotzer und Schmeichler, die sich verspotten ließen, blos um ihren hungrigen Bauch zu füttern. Manche Fürsten haben auch an einfältigen, blödsinnigen, melancholischen Leuten und wirklichen Dummköpfen ihr Vergnügen gefunden, und sie als Hofnarren gebraucht.

Ja, die häßlichsten Zwerge, rachitische Ungeheuer, krumm und schief gewachsene Menschen sind oft als Hofnarren gebraucht worden.

Vorzüglich scheinen pedantische Gelehrte der rechte Wetzstein zu sein, an dem sich der Witz der Hofleute schleifen kann; welches das klagliche Beispiel des Freiherrn Paul von Gundling bezeiget.

Wie Floegel da schon zeigt, eigneten sich für die Rolle des Hofnarren Leute von jedem Stand und jeder Beschaffenheit, von Sklaven bis zu Generalen und adeligen Würdenträgern. Im Mittelalter und bis ins 18. Jahrhundert hinein gab es bei den europäischen Höfen offizielle Planstellen für Narren – sie hießen »Fou de Roi en titre d'office«.

Sie hatten jedoch auch andere Berufsbezeichnungen. Floegel zitiert folgende: Hans Narr, Faßnarr, Stocknarr,

Speivogel, Freudenmacher, Pickelhäring, Schalksnarr und Possenreißer, Curtisan, Lustiger Rat – Kurzweiliger Rat – Tischrat, Hofnarr, Hofpoet, natürlicher Philosoph. An einer anderen Stelle unterscheidet er zwischen Hofnarr und Lustigmacher – diese Funktion hält er für ehrenhafter.

»Narr« als Berufsbezeichnung taucht in vielen Rechnungen und Schenkungsbriefen verschiedener europäischer Höfe auf und hat da keine abwertende Bedeutung. Warum auch? Am Hofe gab es noch viel weniger ehrenhafte – von heutigem Standpunkt – Titel und Funktionen à la Betreuer des Nachttopfes seiner Majestät.

Die Hofnarren waren Höflinge, wie die anderen auch. Sie wurden beköstigt, gekleidet, ihre Schneider- und Ärzterechnungen wurden aus der Hofkasse beglichen. Ihr Schicksal war unsicher, wie das aller anderen Hofmänner, je nachdem, wie despotisch der Staat und wie launisch der Monarch war; natürlich hing es auch davon ab, inwiefern und auf welcher Seite sie an den Intrigen verschiedener Hofcliquen teilgenommen haben.

Es gibt jedoch viele Geschichten von ungewöhnlicher Treue der Hofnarren zu ihren Herrschern. Enid Welsford erwähnt in seinem gründlichen Buch *The Fool*, das 1925 in London erschien, den Maître Jehan, den Narren des Königs John, der seinem Herrscher folgte, als er gefangen wurde. Floegel berichtet ausführlich über die kluge und heldenhafte Rettungsaktion des berühmten Kunz von der Rosen, als sein Herr, der spätere Kaiser Maximilian I., noch als Römischer König im Jahre 1488 von aufständischen Niederländer Bürgern in Brügge gefangengehalten wurde. Kunz kam als Mönch verkleidet in das streng bewachte Gefängnis, um dem König durch Austausch der Kleidung die Flucht zu ermöglichen und an seiner Stelle zu bleiben.

Abgesehen davon, ob die einzelnen Geschichten stimmen oder nicht, glaube ich, daß die Treue der Narren keine Legende war. Der Narr hatte bei Hofe eine besondere Stellung, er war Günstling und Intimus des Herrschers. Dies allein reichte, um ihm den Neid und Haß der Höflinge zu sichern. Dazu kam noch, daß er ebendie Hofmänner oft zum Objekt seiner derben Scherze gemacht hat. Der Herrscher war also seine einzige Stütze und einziger Beschützer.

Floegel zitiert ein Pamphlet gegen die Hofnarren von Tommaso Garzoni, dem geistreichen italienischen Schriftsteller des 16. Jahrhunderts. Garzoni beschreibt die Tätigkeit der Narren, wie sie alle nachäffen und sie dadurch verspotten:

> Dieses sind die Tugenden der Possenreißer, um derentwillen sie bei Fürsten und Herren lieb und angenehm sind, auch in Freuden leben, und wohl begabt werden; da unterdessen ein gelehrter Dichter ein anmuthiger Redner und ein scharfsinniger Philosoph im hintersten Winkel sitzen, und oft Noth leiden muß. Solche Gesellen muß auch jeder-

mann in Ehren halten, und sich um ihre Gunst bewerben, da sie beständig um den Herrn in seinem Zimmer, an seiner Tafel und auf seinem Wagen sind. Wer bei dem Herrn etwas zu tun hat, der darf es nur mit diesen Leuten halten, als welche ihm leicht Zutritt verschaffen oder ein gut Wort einlegen können.

Mit einem Worte, der Herr ist niemals ohne den kurzweiligen Rath, und der Narr niemals ohne den Herrn; und wenn der Herr ihn einige Zeit entbehren muß, so möchte er für Unmuth krank werden. Der Narr muß allezeit oben an sitzen, da es einem weisen, gelehrten und verdienstvollen Rath sehr wohl thut, daß er vor der Tafel stehen und mit entblößtem Haupte aufwarten kann … Ja sie müssen es noch für ein großes Glück halten, wenn sie nur durch solcher Leute Gunst noch einigermaßen in Ehren gehalten werden. Denn dieses sind nunmehr die vornehmsten Räthe; die erinnern alles, verbessern alles, gebieten und verbieten alles, erklären auch alles nach ihrem Willen und Wohlgefallen, daß also beides Ungelehrte und Gelehrte, deren die Welt nicht wohler wehrt ist, nach eines kahlen, heillosen und unverschämten Fuchsschwänzers oder Possenreißers Pfeife tanzen müssen. Es schämt sich auch ein solcher Gesell nicht, wenn er die, so besser sind, als er, verachtet und beschimpft; denn er versteht nicht, was Ehre und Schande ist. Und wenn er auch mit einem schändlichen Mahlzeichen an der Stirne gebrandmarkt wäre, so würde er es ihm doch für die größere Ehre halten, daß ihm ehrliche Leute also müssen auf den Dienst warten; unter welchen er sich wie ein stolzer Pfau kehret und wendet und besieht; und alles verspottet und verachtet, was ihm vorkommt, wo man ihm muß zuhören.

Dies wurde in der Blütezeit des beruflichen Hofnarrentums geschrieben. Man kann dem gelehrten Kanonikus Garzoni verschiedene Interessen und Gefühle unterstellen, es bleibt trotzdem ein Bild, das sich sehr unterscheidet von unserer Vorstellung des weisen Wahrheitssagers und selbst von dem Bild des lustigen Toren, wie ihn Erasmus schildert (dessen Traktat nur vierzig Jahre vor Garzonis Geburt erschien). Wie gesagt, Hofnarr war ein normaler höfischer Beruf. Der Fürst zahlte und verlangte dafür Belustigung. Es haben sich vertragsähnliche Dokumente erhalten, in denen die Pflicht des Spaßmachens verankert war. Welsford zitiert so eine Anordnung aus dem Jahre 1200, in der der englische König Johann ohne Land seinem Narren William Picol oder Puculfus größere Privilegien als einem königlichen Kammerjäger einräumt und ihn dafür zu lebenslänglichen Narrendiensten verpflichtet. Narren erhielten manchmal regelmäßige Gehälter, ihnen wurden Alterssitze und – Pfründen zugewiesen, ja Lehen verliehen. Floegel schreibt:

> Der englische Geschichtsschreiber Camden erzählt, es hätte König Hemigston seinem Vasallen Balduin unter der Bedingung ein Lehnsgut gegeben, daß er alle Jahre am Christtage (andere sagen, an des Königs Geburtstage) statt einer Lehnspflicht vor dem Könige sollte einen Sprung thun, Pausbacke mit einem Knall aufblasen und sub voce einen Wind sollte streichen lassen, und zwar so laut, daß es Jedermann hören könnte, davon erhielt Balduin den Beinamen der Furzer (peditor).

Na ja, der Humor der Mächtigen war nie besonders erlesen, dementsprechend mußten die Spaßmacher und »Showmaster« auch damals keine besonderen Qualifikationen haben. Im Vergleich mit den Scherzen, die sie damals veranstalteten, werden wir vom Unterhaltungsprogramm des Fernsehens geradezu verwöhnt! Selbst Kunz von der Rosen, der zu den »feinen« und nicht zu den »groben« Narren gezählt wird und sonst ein kluger Berater des Kaisers war, machte ganz derbe Scherze. Bei der Hochzeit des Markgrafen Casimir zu Brandenburg mit der Prinzessin Susanna aus Bayern in Augsburg am 24. August 1518, brachte er die ganze Gesellschaft dadurch zum Lachen, daß er mit Hilfe zweier anderer Hofnarren sechzehn Personen mit ins Wasser riß und dabei einen Mönch laut beschuldigte, er hätte ihn hineingestoßen. Hier noch ein Scherz des Kunz von der Rosen, wie ihn Professor Floegel erzählt:

> Als die Venetianer dem Kaiser ein zierlich köstliches ganz krystallenes Credenz durch ihre Abgesanten verehren ließen, Gesanten mit ihm über der Tafel saßen und Kunz von der Rosen unterdessen während der Mahlzeit seine Possen mit Springen, Hüpfen und dergleichen vor der Tafel trieb, mit dem einen Sporen an dem Tischtuch eines Nebentisches, auf welchem das krystallene verehrte Credenz aufgestellt war, hangen blieb, alles miteinander herunter riß und in Stücken zerbrach, meinten die Gesanten, es wäre ihnen hindurch ein großer Schimpf geschehn, und sollte der Kaiser Kunzen deswegen heftig bestrafen; aber der Kaiser sagte: »Liebe Herren, es waren nur Gläser; wären die Gefäße von Gold oder Silber gewesen, so wären sie noch ganz oder doch die Scherben davon zu gebrauchen.

In diesem Falle bin ich jedoch überzeugt, daß der ganze Vorgang mit dem Kaiser abgesprochen war – damit er Gelegenheit hatte, den Venezianern vorwerfen zu können, ihre Geschenke seien nicht wertvoll genug.
Kunz vermochte aber auch seinen Monarchen zu kritisieren – so ernüchterte er ihn, als er sich nach der Mode jener Zeit einen bis Noah zurückführenden Stammbaum ausarbeitete und dabei viel Zeit verschwendete, mit der Feststellung: Jetzt weiß ich, daß ich über Noah ein Vetter des Kaisers bin.
»Grobe« Narren vom Schlage des sächsischen Klaus

machten noch viel derbere Scherze. Klaus Narr organisierte zum Beispiel das bekannte Sauspiel: Er brachte mehrere Blinde zusammen, gab ihnen Stöcke; ein gemästetes Schwein wurde an einen Baum gebunden, und die Blinden hatten die Aufgabe, es zu erschlagen. Wem der tödliche Schlag gelang, der kriegte das Schwein. (Apropos – kommt nicht davon die Redewendung »Schwein gehabt«?). Die Belustigung der Zuschauer bestand darin, daß die Blinden sich *gegenseitig* schlugen und oft arg zurichteten. Die heutigen Happenings sind also auch nicht so neu.

Ähnlichen Ulk hat auch Gonella aus Ferrara, einer der berühmtesten Hofnarren des 15. Jahrhunderts, getrieben. Er sagte zu drei bettelnden Blinden: Hier habt ihr einen halben Gulden, teilt ihn unter euch. In Wahrheit aber gab er nichts und hatte seinen Spaß an der Prügelei der Blinden, die sich gegenseitig verdächtigten, die Münze unterschlagen zu haben.

Zur Verteidigung und Entschuldigung der Hofnarren muß man jedoch zwei Tatsachen erwähnen. Erstens, die meisten Geschichten wurden ihnen wahrscheinlich nachträglich zugeschrieben; entweder führten sie diese Scherze überhaupt nicht aus, oder sie wiederholten sie nach bekannten Mustern, ohne sie selbst erfunden zu haben. Davon wird noch die Rede sein. Zweitens, sie mußten selbst als Objekte grausamer Possen dienen, was zu ihrem Beruf gehörte. Hierzu eine altarabische Geschichte:

Der Kalif al-Mutawakkil wollte sich an einem seiner Hofnarren belustigen. So befahl er, man solle den Narren in den großen Brunnen des Innenhofes werfen. Es war tiefer Winter, und der Witzbold hätte sich beinahe vor Kälte und Nässe den Tod geholt, bis man ihn aus dem Brunnen hob, ihn abtrocknete und ihm neue Gewänder anlegte. Als man ihn dann dem Kalifen vorführte, fragte ihn al-Mutawakkil: »Wie fühlst du dich, und wo kommst du her?«
»O Fürst der Gläubigen, ich bin soeben aus dem Jenseits zurückgekehrt!«
»Wie geht es meinem Bruder al-Wathik im Jenseits?«
»Bedaure, Herr, an der Hölle bin ich nicht vorbeigekommen.«
Da lachte al-Mutawakkil und ließ dem Narren ein Geschenk zukommen.

Die Hofnarren durften sich ab und zu erlauben, mit dem Herrscher frech zu reden. Sie waren ja treue Günstlinge, und es galt, daß sie »nicht wissen, was Ehre und Schande ist«. Die Narrenfreiheit hatte zwei Gründe: Das Wohlwollen des Herren und den alten Glauben, daß Narren besessen sind, daß mit ihrer Zunge höhere Mächte sprechen – Gott oder der Teufel. Schon die alten Römer sagten: »Um alles tun zu können, was man will, muß man als König oder als Narr geboren werden.«
Die Narren durften sich mehr erlauben als andere Höflinge, weil man sie nicht ernst nehmen mußte und weil es

eben ihre Aufgabe war, Lachen zu produzieren. Hier ein Zeugnis des Grafen Baldassare Castiglione, eines erfahrenen Hofdiplomaten und kultivierten Autors des 16. Jahrhunderts. In seinem Buch *Der Hofmann* schreibt er:

> Nunmehr will ich, soweit ich mich dazu berufen fühle, die Arten auseinandersetzen, wie der Hofmann Lachen erregen darf, und die Grenzen, worin er sich halten muß; denn nicht immer schickt es sich für ihn, zum Lachen zu reizen, wie es Narren, Betrunkene, Tölpel tun oder Gaukler, die, wenn sie schon an den Höfen notwendig sind, doch nichts anderes verdienen, als mit ihrem wirklichen Namen genannt zu werden. Will der Hofmann jemand dem Gelächter preisgeben, so hat er Maß und Ziel wohl im Auge zu behalten, ebenso die Person dessen, auf dessen Kosten der Spaß geht, so ziemt es sich nicht, einen Elenden und Unglücklichen zur Zielscheibe des Witzes zu machen, ebensowenig einen Schurken oder Mußetäter: diese verdienen eher Züchtigung als Spott, und bei jenen ist das Menschenherz nicht geneigt, sie zum Gegenstand von Späßen zu nehmen, ausgenommen, wenn sie in ihrem Unglücke noch stolze und anmaßende Prahler sind. Ebenso hat man zu beachten, welche Menschen allgemein beliebt oder im Besitze der Macht sind; solche dem Spotte auszusetzen, kann gefährliche Feindschaften eintragen. Am vernünftigsten ist es, die Fehler derer

dem Gelächter preiszugeben, die nicht so elend sind, daß sie Mitleid erregen, nicht so schurkisch, daß sie Leibesstrafen verdienen, und nicht so hochstehend, daß ein ihnen zugefügter kleiner Ärger großes Unheil nach sich ziehen kann.

Dies sind Regeln, an die sich vorsichtige Lustigmacher aller Zeiten halten, mindestens an den Teil, der die Mächtigen betrifft. Die Narren mußten nicht die Feindschaft der höfischen Würdenträger fürchten – die haßten sie ja ohnedies –, solange sie der Gunst des Mächtigsten sicher waren. Aber auch nur so lange. Sie wurden oft verprügelt und eingesperrt. Gonella wurde zum Tode verurteilt, weil er seinen Herzog Borso in den Fluß gestoßen hat – übrigens an einer untiefen Stelle und mit vorbereiteten Rettungsmaßnahmen – um ihn durch Schock von einer Krankheit zu heilen. Der Herzog wollte zwar die Hinrichtung nur zum Schein arrangieren; im letzten Moment sollte auf Gonellas Kopf statt des Schwertes nur kaltes Wasser fallen. Der Narr jedoch starb dabei vor Schreck. So will es zumindest die Sage.
Daß Hofnarren, wenn sie ihren Herrscher geärgert hatten, mit dem Tod bestraft wurden, bezeugt eine indische Geschichte aus dem 5. Jahrhundert. Hier ist zwar von einem Dichter die Rede, es gab jedoch, wie wir wissen, zwischen dem Hofnarren und dem Hofdichter praktisch keinen Unterschied. Und eine ähnliche Geschichte aus derselben Sammlung, die ich bei einer anderen Gelegenheit

zitiert habe, sprach von einem Hofnarren, der Elefanten vorgeworfen wurde:

> Eines Tages hatte sich ein Dichter ein Vergehen zuschulden kommen lassen. Da befahl der König dem Henker, ihn in seiner Gegenwart hinzurichten.
> Den Dichter befiel ein Zittern, das seinen ganzen Leib durchbebte. Ein Höfling aber sagte zu ihm: »Was ist denn das für eine Unmännlichkeit und Unbeherztheit! Wer ein Mann ist, der zeigt niemals ein solches Entsetzen.«
> Da sagte der Dichter: »Ei Herr Höfling! Wenn Ihr ein Mann seid, so kommt doch her und laßt Euch auf meinem Sitze nieder; ich will Euch gerne Platz machen!«
> Über diesen Witz freute sich der König; er lachte und verzieh dem Dichter sein Vergehen.

Es ist also eine Legende, daß die beamteten Wahrheitssager immer Straffreiheit genossen hätten. Ja, sie wurden oft eben dafür bestraft, daß sie die Wahrheit sagten. Das beweist die folgende arabische Geschichte über Abu Nuwas, den berühmten »kurzweiligen Rat« des Kalifen Harun-al-Raschid:

> Der Emir der Stadt hielt sich für einen begabten Dichter. Eines Tages trug er eines seiner Gedichte dem witzigen Abu Nuwas vor und fragte ihn nach

seiner Meinung. Als der Hofnarr meinte, das Gedicht sei nichtssagend, zürnte der Emir und ließ ihn in den Stall sperren.
Nach einem Monat ließ der Emir Abu Nuwas herbeiholen und las ihm ein neuverfaßtes Gedicht vor. Ohne das Ende des Gedichtes abzuwarten, eilte der Witzbold aus dem Hof des Fürsten.
»Wohin, Abu Nuwas?« rief der Emir.
»In den Stall, o würdiger Emir«, lautete die Antwort.
Da lachte der Emir und ließ ihn frei.

Ich fürchte sogar, daß witzige Sprüche die Narren nicht so oft vor Strafe bewahrt haben, wie die Geschichten es wollen, die man von ihnen erzählt. Obwohl sie hätten eigentlich helfen sollen – als Beweis der Qualifikation.
Dennoch übten viele von ihnen ihre Funktion bis in hohe Alter aus. Klaus Narr diente vier sächsischen Kurfürsten und einem Bischof hintereinander. Viele englische, italienische, französische Hofnarren dienten mehreren Generationen von Königen. Der berühmte polnische Hofnarr Stańczyk behielt seinen Posten unter Alexander Jagelloner, Sigismund dem Alten und Sigismund August und starb 1560 etwa achtzig Jahre alt. Briefe seiner Zeitgenossen, die Julian Krzyżanowski in seinem Essay »Der Narr des alten Königs – Stańczyk in der polnischen Kulturgeschichte« zitiert, bezeugen, daß er im Alter ein vermögender und einflußreicher Mann war.
Wie konnten sie dieses Ziel erreichen? Wahrscheinlich

dosierten sie vorsichtig Wahrheit und Spott. Über diese Vorsicht habe ich einst eine Geschichte geschrieben:

Ein König im Morgenlande hatte einen Narren. Er liebte ihn, denn sie kannten einander von Kindesbeinen an, da es noch dem Sohn den Narren erlaubt war, dem König und dem Königssohn den Narren zu spielen.

Trotz alledem machte der Narr dem König viel zu schaffen. Eigentlich nicht der Narr selbst – denn ein Narr, der dreißig Jahre am Hof verbracht und dabei seinen Kopf und alle Glieder behalten hat, hat dem König gewiß nie zu schaffen gemacht –, sondern des Narren Programm.

Und eigentlich gar nicht so sehr das Programm – ihr könnt euch vorstellen, was für ein vorsichtiger Satiriker das war, daß er sich so lange in der Gunst des Königs hielt und keiner ihm während der Zeit Gift in den Wein gemischt hatte – als vielmehr die Billigung dieses Programms.

Das Programm mußte, versteht sich, genehmigt werden, damit es keine Ungereimtheiten enthalte: zum einen, weil es für die durchlauchtigsten Augen und Ohren ihrer Königlichen Majestät bestimmt war, zum anderen, weil es nicht nur für diese durchlauchtigsten Augen und Ohren bestimmt war.

Das Problem war, wer es genehmigen sollte. Ein Minister? Es wäre wider das Gesetz und höchst ver-

messen gewesen, einen bloßen Minister darüber entscheiden zu lassen, was der König sehen durfte und was nicht.

Der König selbst? Auch nicht, denn erstens hätte es ihm dann keinen Spaß mehr gemacht, sich das Programm anzusehen. Zweitens, würde er dann all die Ungezogenheiten hören, vor denen ihn die Genehmigungsprozedur ja bewahren sollte. Es wäre dann eigentlich unnütz, etwas zu streichen, denn eine Ungebührlichkeit, die der Monarch selbst hören konnte, durften ruhig auch seine Höflinge vernehmen.

Also doch einer der Minister? Auch wenn man die prestigemäßige und juristische Unzuständigkeit beiseite ließe – welcher Minister sollte es wohl sein?

Dem Polizei-Minister konnte man es nicht anvertrauen. In dem Programm des Narren war nirgends etwas Ungehöriges, und daher gäbe es auch keinen Grund, gegen ihn einzuschreiten – und solch eine Schmach könnte der Polizeiminister nicht ertragen. Schon aus Gewohnheit würde er dem Narren eine Falle stellen. Und der König wollte doch seinen Narren nicht verlieren.

Einen Minister für Kultur und Kunst gab es in dem Königreich nicht. Dieses Ressort gehörte den Narren bei Hofe. Zwar hatte man noch eine Planstelle für einen Magier und Weissager eingerichtet, doch dieser Posten war meist unbesetzt, denn er wurde nach jeder ungünstigen Prophezeiung durch Enthauptung ihres Autors vakant. Außerdem gab es noch Tänzerinnen und Musikantinnen, die freilich in den Aufgabenbereich des Großeunuchen fielen. Ressortmäßig am zuständigsten für die Beurteilung künstlerischer Programme wäre wohl der Großeunuch gewesen – doch der König liebte gepfefferte Witze, während der Großeunuch verständlicherweise ein kompromißloser Verteidiger der Moral war.

Das Problem war unlösbar. Der Narr hatte zwar Programme bereit, konnte jedoch nicht mit ihnen auftreten. Sie waren zwar nicht verboten, aber sie waren auch nicht erlaubt.

So ging er nur in seinem Narrenwams umher, klingelte mit den Schellen und schoß Purzelbäume.

Vielleicht konnte er gerade deshalb dreißig Jahre lang ohne Schwierigkeiten herumnarreteien. Doch trotzdem tat es ihm leid, daß seine witzigen, tief durchdachten Programme niemand zu sehen bekommen würde.

Das Problem hätte sich vielleicht dadurch lösen lassen, daß die Programme des Narren vom ganzen Ministerrat genehmigt worden wären: Doch was hätte der König davon, wenn alle seine Minister die witzigsten Frechheiten zu hören bekämen, nur er nicht. Im übrigen: Wenn der Ministerrat die Programme im voraus gesehen hätte, wäre dem Narren für sein Auftreten fast kein Publikum mehr geblieben. Das Problem war also wirklich unlösbar.

Wenn wir Scherze und Anspielungen auf Verhältnisse in modernen Despotien beiseite lassen – konnten die Hofnarren als Ganzes, als Stand oder Beruf, jene unerschrockenen Satiriker, kühne Träger der Wahrheit sein, wie es die Tradition will?
Man muß sich nur vorstellen, was für ein buntes Gemisch das war, diese Hof- und Leibnarren. Der offizielle Titel des Hofnarren existierte bei den europäischen Höfen etwa sechshundert Jahre, vom 12. bis zum dritten Viertel des 18. Jahrhunderts. Die Historiker behaupten, daß sie aus dem Orient gekommen sind. Welsford sucht ihren Ursprung bei den keltischen Barden, die auch Floegel erwähnt.
Friedrich W. Ebeling, der im 19. Jahrhundert die Arbeit Floegels fortsetzte, schreibt in der Studie »Zur Geschichte der Hofnarren«, die als Vorwort zum Buch *Die Kahlenberger* 1890 in Berlin erschien:

> Der Ursprung der Besonderheit des Hofnarrentums, also der Menschenklasse, welche gefürsteten und anderen hohen Herren professionell zur Belustigung diente, reicht in mythische Zeiten hinüber. Gewiß nur ist, daß die Hof- und Leibnarren zuerst im Orient auftauchten. Bei den Griechen erscheinen Possenreißer mannigfaltiger Art nach der Zeit des Trojanischen Krieges, bei den Römern erst nach den asiatischen Feldzügen.

In einem fast dreitausend Jahre alten akkadischen Text tritt ein Sklave auf, der ein typischer Leibnarr ist, von der Sorte, die dem Herrn nach dem Mund reden. Wenn sein Herr einen Wunsch äußerte, begründete ihn der Sklave sofort, um anschließend, wenn der launische Herr seine Meinung geändert hatte, auch diese Entscheidung zu begrüßen. Was hätte er auch sonst tun sollen – er war doch ein Sklave!

Die älteren Autoren gehen mit den griechischen und römischen »Parasiten« sehr gnädig um. Es waren Menschen niederen Standes, die ungeladen oder als Gäste der Gäste zu Feten bei reichen Leuten kamen und »die sich verspotten ließen, bloß um ihren hungrigen Bauch zu füttern«, wie Floegel sagt. Ich halte den hungrigen Bauch für ein ausreichendes Argument dafür, sich verspotten zu lassen. Zumal das meistens kein freiwilliges Angebot seitens der Armen war – sie mußten nur die Willkür und groben Scherze des Gastgebers und seiner Freunde erdulden, des Essens wegen. Auf den Höfen der Gutsherren und in Häusern reicher Kaufleute in Rußland gab es solche Hausnarren wider Willen noch im 20. Jahrhundert – arme Leute vom Stande, man nannte sie »prischiwalschtschiki«.

Es gab unter den Hofnarren Schwachsinnige und Philosophen, Analphabeten und Professoren, Bauernsöhne und Grafen. Iwan der Schreckliche liebte Narren und hielt mehrere an seinem Hof – und man kann darüber nachdenken, was gefährlicher war: als Narr von der Laune des schrecklichen Zaren abhängig zu sein oder als Hofmann von den Launen seiner Narren. Peter der Große ernannte seinen ehemaligen Erzieher Nikita Sotow zum Grafen – und zum Narrenpapst. Alexander Menschikow, einen Straßenjungen, hatte sich Peter als Leibgaukler geholt und ihn zum Fürsten und Generalissimus der russischen Armee gemacht, zum zweiten Mann im Reich. Dieser große Zar hatte als Knabe sogar zwei Narrenregimenter – man kann wohl so den Begriff »potjeschnyje polki« übersetzen, denn »potjeschnyj« bedeutet »ulkig«, »lächerlich«, »zur Belustigung dienend« –, die dann zum Kern seiner Garde wurden.

Ebeling beschreibt geistliche Narren, betont jedoch, daß sie selten waren, »und die Geschichte hat aus den Reihen derselben noch nicht ein Dutzend hervorragende Namen anzuführen vermocht«.

Es gab auch weibliche Narren. Floegel erwähnt die fromme Närrin Mathurine vom Hof Heinrichs IV. von Frankreich, die glaubte, mit Hilfe von Possen Hugenotten zum wahren Glauben bekehren zu können, und eine Kathrin Lise, von der wir nur erfahren, daß sie bei Hofe der Herzogin von Sachsen-Weißenfels-Dahme noch im Jahre 1722 lebte. Welsford berichtet von zwei italienischen Närrinnen der Herzogin Isabella d'Este, Giovanna Matta und Caterina Matta, von denen die zweite nachweislich irrsinnig war. Russische Kaiserinnen und Bojarinnnen hielten ganze Scharen von frommen schwachsinnigen Weibern, die halb als Heilige und halb als närrische Clowns betrachtet wurden.

Graf San Salvatore berichtet in seinem Buch über August den Starken, König von Polen und Sachsen, *Der galante König und sein Hof*, daß damals in Dresden neben so berühmten Hofnarren wie Baron Kyau, Baron Schmiedel und dem Zauberkünstler Josef Fröhlich auch mehrere Kammerriesen und Hofzwerge zur Belustigung dienten:

> Im Jahre Siebzehnhundertdreißig sah man am Dresdener Hof zwei Riesen, die um einen Kopf größer waren als die längsten Menschen in der Hauptstadt. Der eine war neun Fuß lang und dreiundzwanzig Jahre. Er hieß Daniel Cojanus, war der Sohn eines Priesters aus Finnland und August dem Starken vom König von Schweden geschenkt worden. Er ging in türkischer Kleidung und trug einen Turban. An körperlicher Kraft nahm er es mit seinem königlichen Herrn auf, und dieser Stärke entsprach seine Eßlust, die schwer zu befriedigen war.
> Der zweite Riese war ein Mohr, den Friedrich Wilhelm der Erste von Preußen als Gegengeschenk für einige lange Albanesen sandte. Er war ebenso groß wie der Finne Daniel, aber schlanker gewachsen und gewandter in seinen Bewegungen.

Wolfgang Pfaundler schrieb im Innsbruck-Heft von Merian über den Riesen Haidl vom Hofe des Tiroler Erzherzogs Sigmund (1446–1490). Sein Skelett blieb erhalten – es mißt 2,22 Meter.

Graf San Salvatore erzählt auch über die beliebten Hofzwerge beim Hofe Augusts des Starken. Der Holländer Hante, ein geschickter junger Mann, maß zweieinviertel Fuß – was höchstens 76 Zentimeter bedeuten konnte. Er starb jung, etwa um die Dreißig. Noch jünger starb der Zwerg der Königin Eberhardine, der Bayreuther Hans Tramm, Sohn einer Mutter »von großem Wuchs« – mit einundzwanzig Jahren. Auf seinem Grabstein befindet sich diese Inschrift:
»An Natur ein Kind, an Jahren ein Jüngling, an Verstand ein Mann, an Geschicklichkeit ein Meister und an Gottesfurcht ein Muster.« Weiter erzählt San Salvatore:

> Ein sehr hohes Alter dagegen erreichte der Kammerzwerg Matthäus Frossen, der in seinem zweiundachtzigsten Jahr in Dresden starb. Merkwürdig war noch der Königliche Leibzwerg Monsieur de Peine, der zugleich Inspektor der Kuriositäten war. Er maß nicht mehr als zweidreiviertel Fuß und war mit einer sechs Fuß langen Frau verheiratet. Und welches merkwürdige Spiel der Natur: von den sämtlichen Kindern, die diesem ungleichen Paar entstammten, waren alle drei Söhne und eine Tochter wieder Zwerge wie der Vater. Auch sie standen in hoher Gunst bei Hofe.
> So hatte der König eine ganze Anzahl kleiner Männlein und Weiblein um sich, und zum Schluß eines Karnevals bot er seiner Umgebung ein eigenes

Schauspiel: er ließ zwölf Zwergenpaare an einen besonderen Tisch bewirten.

Ich glaube Beweise genug gebracht zu haben, daß die Hofnarren im Laufe ihrer langen Geschichte nicht nach den Kriterien der satirischen Fähigkeiten und mutvollen Wahrheitsliebe gewählt wurden. Im Grunde gesehen diente dem Herrscher oft der ganze Hofstaat als eine Truppe von Hofnarren – je nachdem, wie despotisch der Monarch war. Nicht einmal in der Kleidung konnte man mitunter die professionellen Hofnarren unterscheiden. Es scheint, daß die Schellenkappe mit Eselsohren, die verrückt bunten Kleider und die Marotte nur bei besonderen Vorstellungen benutzt wurden. Aus vielen Geschichten, die man über die Spaßmacher erzählt, geht hervor, daß sie nicht auf den ersten Blick als Narren erkennbar waren. Floegel widmet der Kleidung der Hofnarren ein ganzes Kapitel, oder, wie er es nennt, ein »Hauptstück«; wenn er aber die erhaltenen Porträts des Kunz von der Rosen beschreibt, entsteht ein ganz anderes Bild – die elegante Hofkleidung.
Welsford wundert sich, daß die Schneiderrechnungen für Hofnarren von normalen Hofkleidern sprechen, auf den Bildern sind sie aber immer in der traditionellen Narrentracht gezeichnet. Meines Erachtens ist dieses Rätsel leicht zu lösen: Die Maler gebrauchten die Narrentracht als Attribut, um zu zeigen, um wen es sich handelt.
Die Institution des Hofnarren hat ihre offizielle Abschaf-

fung überlebt. Die späteren freiwilligen und unfreiwilligen Hofnarren trugen gewiß keine Schellenkappe. Für alle ein Beispiel aus dem 19. Jahrhundert. Hans Ostwald zeigt in seinem Buch *Der Urberliner Witz, Humor und Anekdote* den General Wrangel, der die Revolution 1848 unterdrückte, in einer typischen Hofnarren-Rolle:

> Eines Abends tat sich eine junge Hofdame sehr anhaltend mit allerlei Rätselaufgaben hervor. Schließlich ergriff sie einen silbernen Löffel, hielt ihn in die Höhe und sah unverwandt darauf hin. Das war ein Wort-Rätsel, und Papa Wrangel wurde von der jungen Dame aufgefordert, das Rätsel zu erraten. Der alte Herr hatte aber soeben mit einem anderen geplaudert und war nicht recht bei der Sache. Der König, immer hilfsbereit, sprang ihm bei und flüsterte ihm die Lösung ins Ohr.
> »Löffeljans, meine Jnädigste«, platzte darauf Wrangel ganz stolz heraus, und erst das schallende Gelächter des Königs und der übrigen Beteiligten sowie der wütende Blick der empörten jungen Dame belehrten ihn, daß er des Rätsels Lösung doch nicht ganz erbracht hatte.
> »Meine Majestät, wir scheinen uns jeirrt zu haben«, sagte Wrangel trocken.
> »Wat stellt et denn eigentlich vor, Gnädigste?«
> »Silberblick, Exzellenz«, erwiderte das Fräulein.
> »Weeß Jott!« rief Wrangel aus. »Darauf wäre ich

nicht jekommen. Das kommt aber daher, daß wir alten Biwakfritzen immer an was Eßbares denken.«

Unter dieser Unzahl von Menschen, die der Belustigung der Mächtigen dienten, gab es bestimmt auch witzige und mutige Philosophen und Satiriker. Sie waren jedoch – das entspricht der allgemeinen menschlichen Erfahrung – eher Ausnahmen. Woher kommen also die Tausende von Geschichten, in denen weise Narren den Herrschern die unbequemen Wahrheiten sagen? Die Antwort ist einfach: Sie stammen von den unbekannten Autoren der Folklore und von den bekannten Literatur-Autoren und wurden den Hofnarren post factum zugeschrieben, wie man auch heute berühmten Männern Anekdoten zuschreibt. Sie entstanden wie heute politische Witze in unfreien Ländern entstehen, sie entspringen der Sehnsucht des Volkes nach Wahrheit und nach Männern, die sie aussprechen.
Nehmen wir als Beispiel die von Floegel erzählte Geschichte, wie Klaus Narr entdeckt wurde:

Weil er von armen Eltern geboren war, so mußte er in seiner Jugend die Gänse in Nanstädt hüten. Als der Churfürst einst durch Nanstädt mit vielen Pferden und Wagen reiste, wurde Klaus der Gänsehirt neugierig und wollte sehn, woher der große Lerm entstünde; damit ihm aber unterdessen seine Gänse nicht gestohlen würden, steckte er die jungen mit den Köpfen neben einander unter seinen Gürtel, und die alte nahm er unter den Arm, und so bepackt eilte er nach Nanstädt. Als der Churfürst diesen seltsamen Menschen erblickte, mußte er herzlich über seine Einfalt lachen, urtheilte aber gleichwohl, er habe einen natürlichen Beruf zum Hofnarren und kaufte ihn seinem Vater ab, der froh war, diesen nichtsnutzigen Jungen loszuwerden.

Und diesem Klaus, der bestimmt kein scharfsinniger Denker war, schreibt man unzählige witzige Geschichten zu; in einem Buch, das 1602 in Frankfurt erschien, waren es »Sechshundert sieben und zwanzig«. Hans Sachs schildert ihn sogar in seinem Schwank »Claus Narren drei verwunderung in der Stadt Leipzig« als sozialkritischen Satiriker. Es ist evident, daß die wirklichen Autoren der Schwänke und Anekdoten ihren eigenen Witz den Narren verliehen. Oft versteckten sie sich wahrscheinlich hinter dem legendären Namen – aus Zensurgründen; sie übten in ihrem Namen Kritik, die sie im eigenen nicht aussprechen durften. (Wer Satiriker in einem Lande war, in dem das Wort nicht frei ist, kennt diesen Trick.)
Die Geschichten der Hofnarren sowie auch die der Volksnarren sind meistens Wandergeschichten, die man in älteren Quellen, europäischen und orientalischen, finden kann. Vergleichen wir also zwei Anekdoten aus der Geschichte der deutschen Hofnarren, die in ihrer Aussage gleich sind.

So erzählt Ebeling von Friedrich Taubmann, den er den einzigen international bekannten deutschen Hofnarren nennt – obwohl dieser im Jahre 1565 geborene Schumacher-Sohn aus Oberfranken, der durch Studium als Bettelschüler und Bettelstudent zum Universitätsprofessor wurde, den offiziellen Titel eines Hofnarren nicht besaß. Er nahm jedoch dessen Stelle in Wittenberg und Dresden ein. Christian II. von Sachsen war ihm gegenüber sehr freigebig und wurde vom kursächsischen Adel ordentlich gerupft. Ebeling schreibt:

> Namentlich an den Neujahrstagen goß er das Füllhorn seiner Gnade über alle, die sich ihm nahten, in Strömen aus. Keine Bitte blieb an diesem Tage unerfüllt, wenn deren Erfüllung in seiner Macht lag und sie nicht geradezu unvernünftig war.
> Bei einer solchen Gratulationscour, es war die letzte, die er erlebte (1611), forderte er auch Taubmann auf, sich etwas auszubitten.
> Taubmann sprach: »Kurfürstliche Durchlauchtigkeit, gebt mir für meine Frau den Käse, von welchem Ihr heute beim Frühstück ein wenig gekostet habt.«
> Christian ward fast ärgerlich. »Fordert unendlich mehr«, heischte er.
> »Nein«, erwiderte Taubmann, »Ihr habt an andere schon so viel hingegeben, daß für Euch und das Land bald nichts mehr übrig sein wird.«
> Diese Erwiderung erregte am gesamten Hofe so viel

Unwillen, daß er sofort nach Wittenberg zurückreisen mußte.
Acht Tage darauf jedoch erhielt er von dem Kurfürsten einen eigenhändigen Brief, in welchem dieser ihn seinen »wahrhaft Lieben und Getreuen« nannte, »der es so wohl wie irgend einer« mit ihm meine. Ein »güldener Pfennig« war zu seiner »Vergnüglichkeit« beigelegt.

Diese Geschichte paßt nicht so recht zu Taubmanns Charakter. Denn, wie Ebeling in seiner biographischen Studie schildert, Taubmanns Armut und Erfahrung der Betteljahre haben ihn zum echten Schmarotzer gemacht, der hart um Posten und Geld kämpfte. Es ist also unwahrscheinlich, daß er eine solche Gelegenheit ausgelassen hätte.
Das Motiv des kurzweiligen Rates, der sich Sorgen um die Kasse des Herrschers macht, ist auch uralt. Graf San Salvatore überliefert eine ähnliche Geschichte vom Hofe eines anderen großzügigen Sachsen, der ein Jahrhundert später lebte. Ihr Held ist Friedrich Wilhelm Baron von Kyau, der berühmte Spaßmacher und – Generaladjutant des Königs:

August der Starke forderte Kyau eines Tages bei Tafel auf, den Mundschenken zu machen, und ließ ihm einige Flaschen Ungar-Ausbruch als etwas besonders Kostbares bringen. Kyau stellte sofort den Pokal des Königs in die Mitte und rings umher die Glä-

> ser der Minister und Geheimen Räte nach ihrer Rangordnung. Dann ließ er sich noch eine Anzahl kleinerer Gläser bringen, die er in den äußeren Kreis stellte. Er begann nun bei den kleinsten Gläsern einzuschenken, füllte darauf die größeren, so daß nur wenige Tropfen für den Pokal des Königs übrig blieben. Als der König fragte, was das bedeuten solle, antwortete Kyau: »Eurer Majestät Verwaltung der Landeseinkünfte!« Was der König darauf erwiderte, wissen wir nicht. Aber wie wir ihn kennen, hat er den Spaß wohl verstanden und herzlich gelacht.

Wann immer man tiefer zu schürfen beginnt, entstehen Zweifel an der historischen Authentizität der Überlieferung. Floegel bemerkt bei allen Anekdoten über Gonella, die er zitiert, daß sie auch anderen zugeschrieben wurden. Welsford spricht von zwei Gonellas, Professor Krzyżanowski analysiert Anekdoten über Stańczyk und stellt fest, daß mehrere, durch zeitgenössische Quellen überlieferte, älteren Ursprungs sind, andere wieder erst später entstanden. Ja, selbst bei berühmten Hofnarren ist ihre historische Existenz schwer zu beweisen, weil sie unter Spitznamen bekannt waren, die oft einfach zur Berufsbezeichnung wurden. So gibt es keine Rechnungen auf den Namen Stańczyk, es gibt sie jedoch für »Staś Gąska«. Staś und Stańczyk sind aber Koseformen des Namen Stanislaus, und mit dieser Koseform wurden mehrere polnische Narren benannt. »Gąska« heißt »Gänslein«, was wiederum an den sächsischen Gänsehirten Klaus erinnert. Floegel polemisiert gegen die Ansicht, daß »Klaus Narr« zu allgemeiner Bezeichnung der sächsischen Narren wurde, und argumentiert damit, daß die Hofdokumente, zum Beispiel Schneiderrechnungen, sie anders nennen. Die Antwort ist einfach: Bezahlt wurden die Hofnarren unter ihrem echten Namen, im Volke dagegen waren sie unter dem Spitznamen bekannt, der mehrere miteinander vermischte.

Floegel glaubt noch, daß der orientale Eulenspiegel Hodscha Nasr-ed-Din Hofnarr des türkischen Sultans Bajasid I. und des mongolischen Eroberers Tamerlan war. Es gibt tatsächlich sehr viele Anekdoten über Nasr-ed-Din und Tamerlan sowie Nasr-ed-Din und Dschingis-Khan. Der Orientalist Sam Kabbani beweist, daß Hodscha unmöglich mit ihnen verkehren konnte, denn er war achtzehn Jahre alt, als Dschingis-Khan 1227 starb, und bereits einundfünfzig Jahre unter der Erde, als Timur Lenk 1336 geboren wurde.

Es ist ohnedies unmöglich, die Anekdoten über den Hodscha von denen zu unterscheiden, die Dschuha, Bahalul, Molla Nepes, Achmet Achaj und anderen Spaßmachern des Orients zugeschrieben werden. Aber wenn es sie tatsächlich gegeben hat, haben sie zu verschiedenen Zeiten gelebt, manchmal trennen sie acht Jahrhunderte voneinander.

Es ist auch nicht wichtig, ob der oder jener »natürliche Philosoph« tatsächlich existierte. In der Gestalt, in der wir ihn kennen, ist er immer eine Legende. So sind die Hofnarren zu uns gekommen, ausgestattet mit allem Witz und der ganzen kritischen Vernunft der Humanisten und solcher Autoren wie Shakespeare.

Ich wählte das Thema »Hofnarren und Narrenfreiheit« mit der Absicht, ein Loblied auf den weisen und mutigen Philosophen und Kritiker anzustimmen, der Vorbild aller Satiriker und aller wahrheitsliebender Menschen war. Und mußte beim Studium der Materie feststellen, daß die meisten Hofnarren nicht weise waren, sondern eben Narren; daß die weisen nicht immer mutig waren, also nicht immer Narren; daß die Narrenfreiheit eher den ungefährlichen Toren gewährt wurde, oder den Mächtigen, nicht aber den Denkenden und Warnenden. Daß also auch die besten von ihnen nicht größere und nicht kleinere Narren waren als wir auch.

Ist das eine traurige Erkenntnis? Vielleicht ist sie sogar beruhigend. Wir können uns mit besserem Gewissen mit ihnen identifizieren – und die Wahrheiten, die sie fanden oder die in ihrem Namen gefunden wurden, höher schätzen, weil sie auch nicht ohne Risiko ausgesprochen wurden. Und ich begreife jetzt auch besser jenes mongolische Sprichwort, das da lautet:

»Die Wahrheit sollst du auch von einem Affen hinnehmen.«

Anekdote – die witzige Mutter der Frau Historia

Irgendwo habe ich gelesen, daß die Anekdote die Schwester der Geschichte sei, die leichtsinnigere, also – könnte man auch annehmen – die jüngere. Manches spricht dafür: Sie ist ja anmutiger, reizvoller und auch beliebter als Frau Historia, die dauernd eine ernste Miene zur Schau trägt.

Aber ich glaube, daß die Anekdote die Mutter der Geschichte ist. Beweisen kann man es nicht, denn man wird nie mehr feststellen können, was zuerst da war – die Inschrift eines ruhmsüchtigen Königs, die seine Eroberungen aufzählt, oder eine geflüsterte Anekdote, die von demselben König erzählt, wie dumm er war und wie er sich unter dem Pantoffel seiner Frau oder Maitresse krümmte. Die Anekdote war ja nicht aufgeschrieben worden, und, wenn sie sich erhalten hat, hat man sie im Lauf der Zeit immer neuen hochgestellten dummen Pantoffelhelden zugeschrieben und so ihren Ursprung verloren.

Die Anekdote ist schließlich weiblichen Geschlechts, also entweder versucht sie ihr hohes Alter zu verbergen oder mit ihm zu kokettieren. Ich glaube einfach, daß sie früher da war als die seriöse Geschichte, weil sie für die Men-

schen interessanter war: Von den Siegen des Königs wußten sie schon, sie haben sie ja mit ihrem eigenen Blut bezahlt, von seinen Schwächen hörten sie nur zu gerne.
Daß die Anekdote mehr Reiz und Anziehungskraft besitzt als ihre gelehrte Tochter, ist kein Argument gegen ihre Mutterschaft, so was passiert Töchtern öfter, besonders den gelehrten. Die Anekdote kann auch nicht viel älter sein als die Geschichte, sie muß ihre erste Geschichte sehr früh gehabt haben.
Schließlich, Mutter und Schwester – das schließt sich gegenseitig nicht aus. Früher konnte man, besonders in den königlichen Familien, aus denen die beiden stammen, leicht zur Tochter seiner Schwester werden. Die Pharaonen zum Beispiel heirateten grundsätzlich nur innerhalb des engsten Familienkreises. Aber auch heute braucht man sich nur ein paarmal scheiden zu lassen und quer durch die Familie wieder zu heiraten, um so ein Kunststück fertigzubringen. Wie in der Anekdote über das amerikanische Mädchen, das ihrem Freund, der als Soldat in Deutschland diente, telegrafierte:
»Lieber Bill, konnte nicht mehr warten, heiratete Deinen Vater. Grüße und küsse Dich herzlichst. Deine Mama.«
Allerdings müßte man in diesem Fall überlegen, ob es eine Anekdote oder ein Witz ist. Die Anonymität der Helden spricht für den Witz, der Aufbau der Geschichte und die Wahrscheinlichkeit, daß sie wirklich passierte, für die Anekdote.
In vielen Sprachen gibt es keine Trennung zwischen die-

sen beiden literarischen Gattungen, im Russischen zum Beispiel fällt alles unter die Bezeichnung »Anekdot«. Aber auch in anderen Sprachen werden sie meistens vermischt, weil die Unterschiede oft allzu fein sind.

Die Verwandtschaft zwischen Anekdote und Geschichte ist unbestreitbar. Die auffallendste gemeinsame Eigenschaft – in diesem Maße kann sie auf gemeinsamem Erbgut beruhen – ist, daß sie beide so große Lügnerinnen sind. Nur daß die Mutter, die Anekdote, nicht so stur und rechthaberisch wie die Geschichte ist und mit viel mehr Charme lügt, was auf Reife und Erfahrung hinweist.

Ich zitiere aus dem faszinierenden – unvollendeten – Buch von Lion Feuchtwanger *Das Haus der Desdemona oder Größe und Grenzen der historischen Dichtung*, auf das ich mich auch im weiteren berufen werde, einige Aussagen bekannter Persönlichkeiten über die Wahrheit der Geschichtsschreibung.

Pfalzgräfin Liselotte, Herzogin von Orléans, hatte ein Geschichtswerk gelesen über König Ludwig XIV., an dessen Hof sie lebte. Sie schrieb an eine Freundin:

»Wenn solche Lügen erzählt werden über das, was wir selber erlebt haben, was sollen wir dann glauben von den Geschehnissen, die aus ferner Vergangenheit berichtet werden? Ich finde, alle Geschichtsbücher mit Ausnahme der heiligen Schriften sind so verlogen wie der nächstbeste Roman. Der einzige Unterschied ist, daß die Romane unterhaltsamer sind.«

Was auch für Anekdoten gilt. David Hume, der englische

Philosoph und Geschichtsforscher des 18. Jahrhunderts, meinte:
»Es ist nicht weiter befremdlich, daß die Geschichtsschreiber lügen: die Menschen jeder Art und jeder Zeit haben es getan.«
Sein französischer Zeitgenosse Voltaire erklärt:
»Die Geschichte besteht aus herkömmlichen Erdichtungen.«
Der Deutsche Börne:
»Die Geschichte der Völker und Staaten hat den Geschichtsschreibern und Buchhändlern etwas Geld eingebracht; was sie sonst noch genützt haben soll, weiß ich nicht.«
Bei Schopenhauer heißt es:
»Die Geschichtsmuse Klio ist mit Lüge so durch und durch infiziert wie eine Gassenhure mit Syphilis.«
Um zu zeigen, daß diese Art von Syphilis auch in unserer Zeit nicht ausgerottet wurde, lassen wir einen Zeitgenossen sprechen. Gerhard Prause, Historiker und Schriftsteller, Autor von *Genies in der Schule* und *Genies ganz privat*, schreibt im Vorwort zu seinem Buch *Niemand hat Kolumbus ausgelacht*:

> Geschichtsschreibung soll zeigen, »wie es eigentlich gewesen« ist. Diese Forderung Leopold von Rankes, des »Vaters der modernen Geschichtswissenschaft«, klingt so einfach und selbstverständlich, daß man meinen möchte, sie sei längst erfüllt, von weltan-

> schaulich verzerrten Darstellungen natürlich abgesehen. Auf jeden Fall – so glauben viele – weiß man von den bedeutenden, den epochalen Ereignissen sehr genau, wie sie gewesen sind. Jeder scheint es zu wissen: für Millionen Menschen gehören sie zum festen Bildungsgut: etwa der Sturm auf die Bastille, mit dem die Französische Revolution begann. Oder Luthers Anschlag der 95 Thesen gegen den Ablaß. Oder die Geschichte von dem Märtyrer Galilei und seinem berühmten Ausspruch: »Und sie bewegt sich doch!« Und ebenso die weitverbreitete Darstellung, wie Kolumbus am portugiesischen Königshof ausgelacht wurde, weil er die Erde für eine Kugel hielt. Aber gerade die großen und allgemein bekannten Ereignisse waren häufig ganz anders. Was in der allgemeinen Vorstellung weiterlebt, sind oft nur Legenden, Vereinfachungen oder gar Fälschungen. In Wirklichkeit ist die Bastille nicht erstürmt worden. Martin Luther hat seine Thesen nicht angeschlagen. Im Galilei-Prozeß ist jenes vielzitierte Wort nie gefallen, und niemand hat Kolumbus ausgelacht.

Die Ereignisse, von denen Prause hier spricht, die in der Geschichtsschreibung falsch geschildert wurden und so in unserem Geschichtsbewußtsein leben, sind sehr wichtige Säulen, Meilensteine der Geschichte. Ich habe sie absichtlich gewählt, um zu beweisen, daß es das Grundsätzliche und nicht – oder nicht nur – das Anekdotische ist, was frei erfunden wurde. Es ist unglaublich, daß man große weltbewegende Ereignisse absichtlich oder unabsichtlich falsch schildern kann, Ereignisse aus Zeiten, in denen es Zeitungen gab – aber eine der ausnahmsweise wahren Lehren der Geschichte ist, daß die Menschheit immer imstande ist, alles zu vergessen und auf alles hereinzufallen. Um so leichter werden zu allgemein bekannten Tatsachen erdachte Geschehnisse aus älteren Zeiten. Dazu noch ein Zitat aus dem Buch von Feuchtwanger:

> Der bekannteste Held der Schweizer Geschichte ist Wilhelm Tell. Die weitaus meisten Besucher der Schweiz besichtigen das Städtchen Altdorf, wo er am 18. November 1307 den Apfel vom Haupt seines Kindes schoß, und wo ihm ein Denkmal errichtet ist, die Stätte, wo er durch den kühnen Sprung vom sturmgefährdeten Schiff dem Landvogt entkam, die Hohle Gasse bei Küßnacht, wo er den rächenden Schuß auf den tyrannischen Landvogt abgab. Sie fahren auch hinauf auf den Rütli, wo der Tell und andere Feinde der Tyrannei die Eidgenossenschaft gründeten. Tausend Gedichte und Lieder rühmen den Mann mit dem Pfeil und Bogen, Hunderttausende haben ihn in Rossinis Oper, Millionen ihn in Schillers berühmtestem Drama auf der Bühne gesehen. Nun, dieser Wilhelm Tell hat niemals einen Apfel vom Kopf seines Sohnes geschossen, er hat auch niemals sich mit den anderen verschworen, es sind

überhaupt niemals wackere Männer auf einem Berggipfel der Schweiz zusammengekommen, um dort eine Eidgenossenschaft zu gründen. Auch hat sich der Tell an keinem Landvogt gerächt. Er hat niemals gelebt. Der Schweizer Geschichtsforscher Joseph Kopp hat schlüssig bewiesen, daß die Erzählungen vom Tell und vom Rütli-Schwur durch die zeitgenössischen Quellen widerlegt werden. Erst der große Chronist Ägidius Tschudi hat um die Mitte des 16. Jahrhunderts die Sagen vom Tell und von dem Schwur auf dem Berggipfel in die Erzählung zusammengeschweißt, die wir jetzt kennen, und der Historiker Johannes Müller nahm sie, obwohl er selber nicht daran glaubte, zu Ende des 18. Jahrhunderts in seine ausgezeichnete *Geschichte der Schweizerischen Eidgenossenschaft* auf, »mit Sack und Pack und allen Fälschungen«, und fügte den Rütli als den Schauplatz des feierlichen Eidschwures hinzu. Es ist faszinierend zu lesen, wie sich die uralte dänische Sage von dem Schützen Toko, die Saxo Grammticus im 12. Jahrhundert erzählt, in das Volkslied und die Chronik vom Tell verwandelt hat, bis jetzt der skandinavische Halbgott als schweizerischer Nationalheld auf seinem Denkmalsockel in Altdorf steht.

Die bekannteste Episode, wohl die einzige allgemein bekannte, aus der Geschichte der venezianischen Herrschaft auf Zypern ist die Mordtat Othellos, des

Mohren, eines Gouverneurs der Insel, der aus sinnloser Eifersucht seine unschuldige Gattin Desdemona erwürgt. Historisch ist, daß ein Christofero Moro, Gouverneur von Zypern, im Jahre 1508 nach dem Tod seiner Frau nach Venedig zurückkehrte. Dieser Christofero Moro war keineswegs ein Mohr, sondern ein Angehöriger der Familie Moro. Diese Familie leitete ihren Namen von dem Lande Mores ab, der üblichen Bezeichnung für den Peloponnes, woher sie stammte; in ihrem Wappen führte sie drei Maulbeeren, »Mori«. Alles, was sonst von Othello dem Mohren berichtet wird, stammt aus einer Erzählung des Novellisten Giraldi Cinio, *Il Moro di Venezia*. Dieser Novelle entnahm Shakespeare den Stoff seines Stückes. Nachdem das Stück berühmt geworden war, zeigte man in Venedig einen Palazzo der Familie Moro als »Haus des Othello«. Im Jahre 1844 malte der deutsche Maler Friedrich Nehrlich dieses Haus und als Seitenstück einen kleinen zweifenstrigen Palazzo, den er im Spaß als »Haus der Desdemona« bezeichnete. Von da an galt der kleine Palazzo als »Casa di Desdemona«, und als der Maler den Tatbestand aufklären wollte, wurde er verprügelt.

Diese Geschichten über die Geschichtsschreibung sind eigentlich Anekdoten, denn die Anekdote darf auch wahr sein, ohne ihr Gesicht und ihren Charakter zu verlieren. So schließt sich der Kreis: Die Geschichtsschreibung, von

Anekdoten genährt, wird selbst zum Gegenstand von Anekdoten.
Natürlich ist es mit der Verlogenheit der Geschichte auch nicht so einfach, wie ich es eben geschildert habe, im Gegenteil, sie muß wohl recht kompliziert sein. Man muß der Geschichte auch das zugestehen, was man der Anekdote zubilligt – daß sie nicht immer dann wahr ist, wenn sie Tatsachen richtig wiedergibt, und nicht unbedingt unwahr, wenn sie sich Tatsachen ausdenkt. Wichtiger als die Wahrheit ist die Wahrscheinlichkeit. Paul Reynaud sagte: »Aus den Geschichtswerken erfährt man mehr über die Historiker als über die Geschichte.«
Daß die Erkenntnisse über Historiker mit der Zeit auch historischen Wert erlangen, ist immerhin etwas – und da liegt der Vorteil der Geschichte vor der Anekdote, über deren Autoren man selten etwas erfährt. Und wenn, ist es meistens auch nur anekdotisch und unwahr.
Daß diese Frage tiefer ist, als ich mir dachte, davon überzeugte mich das Buch *Geschichte und Wahrheit* von dem französischen Philosophen Paul Ricoer. Ich habe es zwar nicht gelesen, weil es für mich zu klug und zu dick war, aber allein die Tatsache, daß man zu diesem Thema ein philosophisches Buch von 370 Seiten schreiben konnte, reichte, um mir klarzumachen, daß die Sache kompliziert ist.
Was ich soeben gesagt habe, ist ein sogenannter »Spruch«, der Keim einer Anekdote. Wäre ich ein berühmter Mann, würde man es zur Anekdote ausbauen. Etwa so:

Gabriel Laub, der bekanntlich eine Abneigung dagegen hatte, theoretische Werke zu studieren, beschäftigte sich einmal mit der Frage der Wahrheit in der Geschichte. Er nahm sich dazu das Werk *Geschichte und Wahrheit* von Paul Ricoer vor. Ein Freund fragte verwundert: »Was ist mit dir los? Willst du tatsächlich so ein umfangreiches philosophisches Buch studieren?«
»Wozu?« fragte der Satiriker lächelnd. »Es reicht mir zu sehen, daß man über dieses Problem ein so gewichtiges Buch geschrieben hat, um zu wissen, daß die Frage kompliziert ist.«

Ich habe die Anekdote ganz kurz gefaßt, sie ist durchaus ausbaufähig. Ein gründlicher Autor mit wissenschaftlicher Tendenz würde genaue biographische und bibliographische Angaben über den Helden, seinen Freund und den Autor des Buches hinzufügen. Ein ideologisch orientierter Anekdotenerzähler würde die Abneigung den theoretischen Werken gegenüber auf Werke einer bestimmten Richtung beschränken. Einer, der den Helden der Geschichte nicht mag, würde die Abneigung ganz streichen und statt dessen »der dicke Laub, der zu faul war, theoretische Werke zu studieren« schreiben. Der Autor einer für Schüler bestimmten Anekdotensammlung würde am Ende erklären, diese sei natürlich nur ein Scherz gewesen, typisch für die Bescheidenheit und Selbstironie des Schriftstellers.

In Wirklichkeit hätte ich sehr wohl das Buch genau studiert und mir darüber und daraus Notizen gemacht, die in meinem Nachlaß gefunden wurden. Was zwar eine dreifache Lüge sein wird, weil ich selbst nie meine Notizen finden kann, und wenn ich sie finde, kann ich sie nicht entziffern – aber eine fromme. Ein Autor, der diese Anekdote in seine Memoiren aufnimmt, wird behaupten, daß er der Freund war, der erstaunt danach fragte, ob ich das Buch studieren wolle, aber er wird die Frage witziger formulieren und um einige pointierte Bemerkungen ergänzen.

Und nach einiger Zeit, wenn alle Beteiligten – vielleicht sogar das Buch – vergessen sind, wird man einen anderen Helden, einen anderen Freund und einen anderen Buchtitel einsetzen, und eine neue Anekdote wird ihre Laufbahn beginnen. So entstehen Anekdoten, und so kommt man in die Anekdote, vorausgesetzt, daß man bekannt genug ist, um eine Anekdote wert zu sein.

Nach konzentriertem Durchstöbern einiger Dutzend von Anekdotensammlungen – es waren darunter witzige, unterhaltende, wissenschaftliche, belehrende und ganz langweilige – kann ich an Eides Statt versichern, daß man von berühmten Menschen noch viel dümmere Sprüche festgehalten hat, als es der meine war.

Manche sind so idiotisch, daß sie ganz bestimmt authentisch sein müssen. Zum Beispiel diese Anekdote:

Als Blutschli, der berühmte Staatswissenschaftler der Heidelberger Universität, in der Geheimrats-Rangordnung um eine Stufe höher gerückt war und jemand ihm dazu gratulierte, sagte er: »Ein Haar mehr im Zopfe.«

Diese »witzige« Geschichte stammt aus einer alten Sammlung *Gelehrten-Anekdoten*, in der man sehr viele von dieser Qualität und noch schlimmere finden kann. Dafür sind sie oft genau datiert und immer durch Quellen-Angaben gestützt.
Diese Anekdote ist schließlich harmlos, und die Sammlung war wahrscheinlich an einen Akademiker-Kreis adressiert, dem die Helden vertraut waren.
Was soll man aber von der folgenden Anekdote über Friedrich den Großen denken, die ja offensichtlich als Lob des königlichen Witzes gemeint war?

Dem König sollte ein berühmter Sänger vorgestellt werden. Als sich der Mann näherte, merkte Friedrich, daß er sehr schadhafte Strümpfe trug. Um ihn seinen Unmut spüren zu lassen, fragte er bei der Vorstellung, ob er *wirklich* der berühmte Mann sei, von dem man ihm so viel erzählt habe.
Der Sänger, dem es nicht an Selbstbewußtsein mangelte, erwiderte: »Ich weiß nicht, Sire, aber ich darf doch wohl sagen, daß ich eine Stimme habe, aus der ich machen kann, was ich will.«

»Dann«, versetzte der König, »mache Er sich zunächst mal ein Paar anständige Strümpfe.«

Soll diese kleinkarierte und bei einem mächtigen Monarchen auch noch recht boshafte Spießerei für den Philosophen-König charakteristisch sein und noch seinen Witz ehren?

Man versucht seit Jahrtausenden, den Mächtigen Witz anzudichten. Ich weiß nicht warum, denn jemand, der mächtig ist, hat Witz nicht nötig. Ich muß gestehen, daß ich dazu neige, Anekdoten, in denen die Herrscher dumm vorkommen – vor allem, wenn diese Anekdoten als Lob gemeint sind –, als authentisch anzusehen. Wo die großen Herren dagegen als besonders scharfsinnig und schlagfertig auftreten, suche ich nach dem wahren Autor. Und meistens gelingt es mir, wenn nicht den Autor – der Vater einer Anekdote ist immer unsicher –, dann doch eine ältere Quelle des Spruches oder der Geschichte zu finden.

Um gerecht zu sein, darf man aber nicht vergessen, daß es auch Anekdotenerfinder gab, die mehr Eifer als Witz besaßen. Anekdoten sind wie Münzen. Sie werden oft falsch geprägt, aber mit zunehmendem Alter wächst nicht selten ihr Sammlerwert hoch über den ursprünglichen Wert hinaus.

Der Schriftsteller N. O. Scarpi, Jahrgang 1888, ein Mann von großer humanistischer Bildung und vorzüglicher Kenner der Materie, Autor mehrerer guter Anekdoten-

und Witzesammlungen, überlieferte eine Anekdote über die Entstehung von Anekdoten:

> Als Karl X. am 12. April 1824 – bis dahin Graf d'Artois – in Paris einzog, fand abends im Salon Talleyrands eine Konferenz statt.
> »Hat der Graf etwas gesagt?« fragte Talleyrand.
> Die Herren vom Gefolge hatten nichts vernommen.
> »Aber er muß doch etwas gesagt haben«, beharrte Talleyrand. »Beugnot, Sie haben Grütze, gehen Sie in mein Arbeitszimmer und erfinden Sie, was der Graf gesagt hat.«
> Beugnot, einst Minister Jérôme Bonapartes und dann Minister Ludwigs XVIII., zog sich zurück und kam zweimal mit historischen Worten wieder, die keinen Anklang fanden.
> Beim dritten Mal blieb er triumphierend in der Türe stehen und sagte: »Nichts in Frankreich hat sich verändert, es gibt nur um einen Franzosen mehr.«
> Am nächsten Tag stand das Wort als Ausspruch des Grafen d'Artois in allen Zeitungen.
> Ob der König gemerkt hat, daß sich sein Slogan-Autor dabei auch über ihn lustig machte?

Public-Relations-Arbeit und PR-Männer sind nicht neu. Auch im 19. Jahrhundert konnten sie schon auf einige Jahrtausende Tradition zurückblicken.
Nicht immer dienten aber die Sprüche, historischen Wor-

te und Anekdoten – selbst die wahren – nur solchen verhältnismäßig harmlosen Propagandazwecken. Einen viel grausameren Gebrauch dokumentiert die Geschichte über einen Franken-König:

> Die Franken drangen in Gallien ein und machten sich weithin alles Volk untertänig. Am mächtigsten unter ihren Königen wurde Chlodwig. Es schmerzte ihn aber, daß er nicht allein die Herrschaft besaß, und er trachtete deshalb seinen Verwandten nach dem Leben.
> Als Ragnachar von Cambrai und sein Bruder Richar in seine Hände fielen und ihm gefesselt vorgeführt wurden, tat er sehr entrüstet. »Wie konntest du«, fragte er Ragnachar, »unser königliches Geschlecht so erniedrigen, daß du dich binden ließest? Der Tod wäre ruhmvoller für dich gewesen.« Damit hob er die Axt und spaltete ihm den Schädel. Dann wandte er sich zu Richar. »Wenn du deinem Bruder beigestanden hättest«, grollte er, »wäre er nicht gebunden worden.« Wieder blitzte die Axt und traf zum zweiten Male tödlich.

Hermann Eicke und Paul Börger, aus dessen Sammlung *Weltgeschichte in Anekdoten* ich dieses Stück übernommen habe, entlarven den König. Ein anderer Anekdotenerzähler könnte die beiden Opfer zu Verrätern oder Bösewichten erklären und den Spruch als besonders witzige

Lösung des Problems hervorheben. Mit der Anekdote – wie mit der Geschichte – kann man alles machen.
Der französische Historiker Georges Lenôtre entlarvt in seinem Buch *Historie und Histörchen* einen Spruch, der zwei Jahrhunderte lang als Zeugnis der Ritterlichkeit galt:

> Ich habe in Begleitung eines Offiziers, der die Geschichte Moritz' von Sachsen studierte, das Gelände besucht, das im Jahre 1745 der Schauplatz des Sieges von Fontenay war. Das Schlachtfeld war kaum so groß wie die Esplanade des Invalides; die englische und die französische Linie waren, wie Voltaire berichtet, fünfzig Schritte voneinander entfernt. Die Offiziere grüßten einander, und dann wartete man. Und da entspann sich zwischen Lord Charles Hai, Hauptmann der englischen Garde, und dem Grafen d'Auteroche, Leutnant bei den französischen Grenadieren, der berühmte Dialog:
> »Meine Herren von der französischen Garde, schießen Sie zuerst …!«
> An dem Tage, da ich Fontenay besuchte, ging ich mit meinem Führer, der einen Plan der Schlacht bei sich trug, zu der Stelle, wo Lord Hai diese Worte gesprochen hatte; er selbst übernahm die Rolle des französischen Leutnants, und so wiederholten wir den Dialog aus jener Zeit. Als wir weitergingen, erklärte er mir, daß es bei den damaligen Schlachten ein Vorteil war, dem Gegner die erste Salve zu über-

lassen; denn nachher waren seine Truppen gewissermaßen entwaffnet, weil sie ziemlich lange brauchten, um ihre Gewehre neu zu laden. Darum mußten die Offiziere ihre Truppen zurückhalten, ihnen ein Beispiel von Kaltblütigkeit geben und sie vor jeder überstürzten Handlung bewahren. Der Engländer, der merkte, daß seine Leute kaum mehr zu halten waren, schrie den französischen Truppen ungeduldig zu: »So schießt doch!« Worauf der französische Offizier beinahe grob zurückrief: »Nie im Leben! Schießt doch selber!« Es war also von beiden Seiten nicht Höflichkeit, sondern Taktik. Wenn das stimmt, muß man es bedauern; die andere Version ist doch so viel sympathischer, klingt doch um so viel mehr nach der *guerre en dantelles*, dem »Krieg in Spitzen«.

Mir macht die zweite, die realistische Auslegung der Geschichte den englischen Hauptmann sympathischer. Denn wäre es nicht ein Vorteil, den Feind als ersten schießen zu lassen, fänden wahrscheinlich die Soldaten des Lord Charles die Ritterlichkeit ihres Kommandeurs auf ihre Kosten nicht sehr witzig.
Ich habe mich einmal selbst als Anekdoten- oder sagen wir Legendendichter versucht. Ich war damals Student und Mitarbeiter einer Studentenzeitung in Prag. Zu Stalins siebzigstem Geburtstag habe ich über »Stalins Lächeln und Lachen« geschrieben. Ich suchte sorgfältig alle sechzehn Bände seiner Gesammelten Schriften durch – und

fand nur kümmerliche zwei Anekdoten und zwei Sprüche. Drei davon waren Zitate. Ich habe sie alle abgedruckt und in diesem Sinne kommentiert, daß Stalin Humor haben müsse, weil er ein guter Mensch sei. Ich kann mich noch erinnern, wie verlegen ich damals war, weil ich doch fest glaubte, daß Stalin Humor hatte.
Stalin-Anekdoten sind nie lustig. Im Unterschied zu Hitler hat der Volksmund nie versucht, ihn als Trottel hinzustellen. Er wird als schlau und grausam gezeigt, oder nur grausam.
Hier eine Stalin/Lenin-Geschichte:

> Lenin ruft Stalin zu sich und fragt: »Jossif Wissarionowitsch, könnten Sie so mir nix dir nix hunderttausend Menschen erschießen lassen?«
> »Jawohl, Wladimir Iljitsch.«
> »Und zweihunderttausend?«
> »Jawohl, Wladimir Iljitsch.«
> »Und eine Million? Könnten Sie auch eine Million Menschen erschießen lassen, Jossif Wissarionowitsch?«
> »Jawohl, Wladimir Iljitsch, das kann ich.«
> »Lassen Sie schießen, mein Lieber. Lassen Sie schießen. Die Geschichte wird Sie dafür verurteilen.«

N. O. Scarpi schreibt in einem Buch, das er kurz nach dem Krieg herausgegeben hat, daß Diktatorenwitze

»durchweg miserabel und ebenso durchweg unwahrscheinlich« sind, daß »die Diktatur eben kein Nährboden für die Anekdote ist«. Die historische Echtheit der Anekdoten ist tatsächlich unwahrscheinlich, weil die Diktatur nur schweigende Zeugen kennt. Miserabel sind sie dagegen durchaus nicht immer, eben weil sie nicht von den Diktatoren selbst stammen.
Ich weiß nicht, ob die folgende Chruschtschow-Stalin-Anekdote authentisch ist, die Alexander Drozdzynski in seinem Buch *Der politische Witz im Ostblock* festhält:

> Auf dem XX. Parteitag der Kommunistischen Partei der Sowjetunion wurde der Personenkult angeprangert. Chruschtschow hatte die Verbrechen der Stalin-Ära entlarvt. Die Menschen aber fragten sich, wie konnte es zu solchen Untaten kommen? Wo waren diejenigen, die jetzt, nach dem XX. Parteitag, über diese Verbrechen reden, damals zu Stalins Zeiten.
> Auf einer Parteiversammlung, vor der Nikita Chruschtschow eine Rede gehalten hatte, ruft ein junger Aktivist: »Na gut, Nikita Sergejewitsch, jetzt entlarvst du die Verbrechen, aber wo wart ihr eigentlich damals alle?«
> Nikita steht auf und schreit mit wütender Stimme: »Wer hat diese Frage gestellt?«
> Im Saal herrscht Stille. Alle haben Angst.
> Nikita wiederholt ein paarmal drohend: »Zum letztenmal, wer hat diese Frage gestellt?«

Nach einer Weile sagt er ruhig: »Genossen, ihr wollt wissen, wo wir damals waren. Hier ist die Antwort: dort, wo ihr jetzt seid.«

Ob authentisch oder nicht, ist diese Anekdote sehr wahr. Und sie zeigt – obwohl sie auf die Entschuldigung Chruschtschows hinausläuft, die Mitverantwortung der Mitmacher in jeder Diktatur. Die gute Meinung, die ich über Stalins Humor in meiner Jugend hatte und die ich längst aufgegeben habe, fand ich nach Jahren plötzlich bei Milovan Djilas bestätigt. Djilas, der während des Krieges als Abgesandter des damaligen Partisanenführers Tito nach Moskau reiste, bemerkt in seinen *Gesprächen mit Stalin*:

»Stalin hatte Sinn für Humor – einen rauhen, selbstsicheren, aber doch nicht jeder Finesse und Tiefe entbehrenden Humor. Er reagierte schnell, scharfsinnig und schlüssig.«

Was beweist, daß der Sinn für Humor, wie auch andere persönliche Eigenschaften eines Diktators, an dem Wesen der Diktatur nichts ändern.

Menschen, die als witzig bekannt sind, glaubt man gerne witzige Aussprüche. Aber »ihre« Geistesblitze stammen nur selten von ihnen selbst. In meinem Essay über Hofnarren habe ich bereits nachzuweisen versucht, daß Witzbolde aller Zeiten nicht nur gute Bonmots klauten, sondern auch die eigenen anderen Witzbolden zuschrieben, darunter auch solchen, die nie gelebt haben. Ludwig

Möllhausen, Autor einer Sammlung von Shaw-Anekdoten, schreibt im Vorwort zu seinem Buch:
»Und hier ist nun meine Sammlung, von der ich annehmen darf, daß sie Ihrer Forderung entspricht, Herr Shaw – denn sie ist: interessant und niemals von Ihnen selbst gesagt.«
Friedrich Torberg erzählt in seinem herzlich warmen, nostalgischen, amüsanten Buch *Die Tante Jolesch oder Der Untergang des Abendlandes in Anekdoten*:

> Die meisten Bernard-Anekdoten stammen von Sacha Guitry. Und in Wahrheit stammen die meisten Shaw-, Bernard- oder Guitry-Anekdoten von keinem dieser drei, sondern sie wurden ihnen von Witzbolden minderen Ranges zugeschrieben. Hingegen stammen die meisten Molnár-Anekdoten wirklich von Molnár. Er hat, als er einmal als Zeuge zu einer vormittägigen Gerichtsverhandlung erscheinen mußte und als seine Freunde es unter unendlichen Mühen fertigbekamen, den Nachtvogel und Tagschläfer schon zu früher Morgenstunde auf die Straße zu lotsen – er hat da wirklich auf die vielen einherhastenden Menschen gedeutet und verblüfft gefragt: »Lauter Zeugen?« Er hat, als seine im Groll von ihm geschiedene Ex-Gattin Sári Fedák sich in Amerika als Sári Fedák-Molnár lancierte, wirklich Berichtigungen an die amerikanische Presse verschickt, in denen er feststellte, daß die augenblick-

lich in New York gastierende Schauspielerin Sári Fedák-Molnár nicht seine Mutter sei. Er fand, von einem nach längerer Pause erfolgten Besuch in Budapest zurückgekehrt, für die dort vorliegende Wirtschaftssituation die wirklich aufschlußreiche Formel: »In ganz Budapest sind noch 2000 Pengö, und die gibt jede Nacht ein andrer aus.«

Im Vorwort zum *Handbuch des Lächelns* schreibt N. O. Scarpi fachmännisch darüber, wie man Anekdoten existierenden und nicht existierenden Berühmten zuschreibt.
»Wer seine Anekdoten nicht selbst erlebt hat«, sagt er, »und das ist besonders bei historischen nicht zu verlangen, muß weit mehr auf die Glaubhaftigkeit als auf die Wahrheit achten. Es genügt durchaus nicht, zu wissen, daß Napoleon keinen Chauffeur gehabt hat, man muß ausgesprochen historisches Gefühl besitzen.« Dann erzählte er eine schöne Anekdote aus der eigenen Praxis.

Ein schwacher Witz kann zu einem leidlichen Bonmot, zu einer netten Anekdote avancieren, wenn man ihn nur in die richtigen Schuhe schiebt, mögen es auch erfundene sein. Im französischen Fahrplan gibt es eine große Menge Stationsnamen, die nur darauf warten, einem geistvollen Marquis des 18. Jahrhunderts als Name zu dienen. Ihr werdet dergleichen auch in dieser Sammlung konstatieren

können. Immerhin darf sich ihr Zusammenstehler rühmen, daß ihm manchmal beim Zuschreiben eines Bonmots ein wirklicher Treffer gelungen ist. Irgendwo fand er, daß ein Herr in eine Gesellschaft kam und sagte:
»Sie werden mich heute sehr albern finden; ich habe eben mit Herrn X. Gedanken ausgetauscht.«
An sich ist das hübsch, aber nicht mehr. Es bedarf der Stütze durch einen glaubhaften Namen. Es schmeckt nach graziöser Unterhaltung, nach der Mitte des 19. Jahrhunderts, mit einem Wort, nach Heinrich Heine. Augenblicklich beginnt das *mot bon* zu werden, die toten Buchstaben sehen dich an, sie leben, sie glitzern – es ist ein typisches Heinewort.
Und nun erlebte der unterfertigte Ab- und Zuschreiber von Witzen das Seltsame, daß ihm zufällig einige Wochen später zum ersten Mal die sehr lesenswerten Erinnerungen Alfred Heißners in die Hände gerieten, und siehe, das Wort war darin, und Heine hatte es gesagt: Herr X war ein deutscher Schriftsteller. Der bescheidene Nachahmer fühlt sich zu einigem Stolz berechtigt.

Man schreibt Anekdoten verschiedenen Menschen zu, selbst lebenden – und sie wehren sich fast nie dagegen. Denn wenn man zum Helden einer Anekdote wird, bedeutet es, daß man populär ist. Mehrere Autoren von Anekdotensammlungen behaupten, daß das Volk seinen

Lieblingen somit seine Zuneigung zeigt. Das stimmt bei weitem nicht immer – viele Anekdoten entlarven ihre Helden und setzen sie herab. Hier zwei Beispiele:

> Einen Herzog, der zum ersten Mal bei Hof erschien, fragte Louis XV.: »Wieviel Fenster hat Ihr Schloß?«
> »Ich weiß es nicht«, erwiderte der Herzog, woraufhin der König ihm den Rücken drehte.
> Nachher sagte ein Höfling zu dem Herzog: »Man darf dem König nie sagen: ›Ich weiß es nicht.‹ Man muß so tun, als wüßte man alles. Lieber eine Dummheit sagen! Mich hat er einmal gefragt, wie viele Mitglieder der Rat der Zehn in Venedig hat. Darauf habe ich geantwortet: ›Achtzehn.‹ Und er war vollkommen befriedigt.«

> Heinrich George, der gerade eben noch in ausgesprochenen Linksfilmen mitgewirkt hatte, spielte plötzlich die Hauptrolle in dem NS-Propagandafilm *Hitlerjunge Quex*.
> »Herr George, wie ist das möglich?« fragte man ihn.
> Georges Antwort war von klassischer Einfachheit: »Ick bin immer dabei.«

Es ist jedoch besser, in einer Anekdote unvorteilhaft, ja boshaft geschildert zu werden, als überhaupt nicht erwähnt zu werden. In Anthologien und Anekdoten über

Literaten und Künstler habe ich Dutzende Namen gefunden, denen ich hier zum ersten Mal begegnet bin. Wenn man auch einen gewissen Prozentsatz à conto meiner Bildungslücken abschreibt, bleiben noch sehr viele einst bekannte Namen, die für unsere Generation nur in der Anekdote überlebt haben. Und das trifft auf Wissenschaftler und Politiker in viel größerem Maße als auf Künstler zu.

Na gut, man kann sagen, daß in diesem Falle die Anekdote der Geschichte als Quelle der Erinnerung dient. Es stellt sich jedoch eine andere Frage: Welchen historischen Wert könnten die Anekdoten sonst noch haben – Geschichtchen, die durch Jahrhunderte vagabundieren und umgeschrieben werden, unter immer neuen Namen und Adressen auftauchen? Prosper Mérimée behauptete: »Ich liebe in der Geschichte bloß die Anekdote«
– und diese Einstellung teilen viele, besonders Schüler. Meiner Meinung nach ist der historische Wert einer unechten Anekdote größer als der einer authentischen. Ein großer Mann kann ruhig etwas Falsches gesagt haben, etwas getan haben, was zu ihm paßte, oder etwas gesagt und getan haben, was zu ihm überhaupt nicht paßte. Eine ausgedachte Anekdote muß dagegen glaubhaft und wahrscheinlich sein. Sie muß die Zeichen der Zeit spiegeln, in der sie entstand. In der mittelalterlichen Sammlung *Gesta Romanorum* wurde vielen aus der Antike übernommenen Geschichten nicht nur eine fromme Moral aufgepfropft, sondern auch viele Elemente des christlichen

Denkens. Und auch sozusagen zeitgenössisches Inventar. Sie sind eine historische Quelle nicht für die Erforschung der Antike, sondern des Mittelalters. Der syrische Autor des 13. Jahrhunderts Grigorios Abdul-Faradsch Bar-Hebräus geht in seinem *Buch der kurzweiligen Geschichten* sehr behutsam mit den Sprüchen der Alten um, aber auch er hat nur die Geschichten und Aussagen gesammelt, die er für richtig oder witzig hält.

Eine ausgedachte Anekdote über eine bekannte Persönlichkeit muß deren charakteristischen – keine zufälligen – Eigenschaften wiedergeben; entweder die, die sie tatsächlich hatte, oder solche, die man ihr allgemein zugeschrieben hat.

Daß in jedem Fall die subjektiven Ansichten und Absichten, Sympathien und Antipathien sowie auch das Talent des Erzählers eine Rolle spielen, ist klar. Nicht mehr aber und nicht anders als in der Geschichtsschreibung.

Die Kunst des Fluchens

Technik und Poesie der Verwünschung

Die Menschen fluchen, schimpfen, lästern, beschwören und verwünschen seit jeher, und nichts kann sie davon abhalten – weder die Gefahr der ewigen Verdammnis, noch die viel gefährlicheren, weil konkreten irdischen Strafen – von Prügel bis zur Todesstrafe –, denen die Flucher früher ausgesetzt waren.

Man schimpft auf Menschen, die man haßt, und auf die, die man liebt, man verflucht das Wetter und die Obrigkeit, den Motor des eigenen Autos und sich selbst.

Mehrere Wissenschaftler, wie zum Beispiel Professor William Dwight Whitney von der Yale-Universität, der seine These vor über hundert Jahren formulierte, behaupten, daß das erste sinnvolle Wort der menschlichen Sprache überhaupt ein Schimpfwort, eine zornige Mitteilung war. Ashley Montagu, dessen Buch *The Anatomy of Swearing* ich dies entnommen habe, ist selbst der Meinung, daß die Sprache aus der Notwendigkeit der Kommunikation bei den gemeinsam jagenden Urmenschen entstand. Aber Montagu zitiert selbst den Spruch von Grandgent: »Jeder sagt, wie die Sprache entstand, und keiner weiß es.« Im übrigen schließen sich die beiden

Theorien gegenseitig nicht aus: Das Bedürfnis eines hungrigen Urjägers, mit seinem Stammesbruder zu kommunizieren, konnte ja entstehen, als der ungeschickte Bruder einen Hirsch verscheuchte oder die Steinaxt statt auf den Kopf des Mammuts auf seinen Zeh fallen ließ. Was sich der Autor des ersten Wortes dabei dachte, werden wir nie erfahren. Vielleicht meinte er: Du Hirschkot! oder: Du Mammutschwanz! – somit wäre das erste Wort der Menschheit ein Schimpfwort. Oder aber dachte sich der nichtsahnende Urahne aller Literatur: Ein Mammut soll dich zertrampeln! – und produzierte den ersten Fluch.

»Fluchen« ist ein Sammelbegriff, der auch Schimpfen und Lästern einschließt. In ihrer heutigen Funktion sind diese drei Kategorien kaum zu unterscheiden, sie sind jedoch unterschiedlicher Herkunft. Gotteslästerung ist ein Kind späterer Epochen, denn die frühen Gottheiten waren nicht zimperlich, und ein Spruch, der sie in unfromme Zusammenhänge brachte, konnte sie nicht beleidigen. Bei vielen Naturvölkern wurden die Götzen sogar verprügelt, wenn sie die Opfer angenommen und doch nicht für eine erfolgreiche Jagd gesorgt hatten.

Schimpfen und Fluchen sind uralt. Das Schimpfen ist älter als die Sprache. Meines Erachtens entstammt es den Drohgebärden der konkurrierenden Tiermännchen – oder auch Weibchen, denn es gibt Tierarten, wie die Hyänen, bei denen die Weibchen die Führung haben und um sie kämpfen. Diese Drohgebärden sollten den Gegner

herabsetzen, einschüchtern und den Drohenden vor dem Kampf ermuntern. Hatte einer der Gegner – oder beide – Angst vor dem Kampf, war der Austausch von Drohungen eine Chance, die tätliche Auseinandersetzung zu vermeiden, ohne das Prestige zu verlieren. Genau dieselbe Funktion hat die Beschimpfung. Wer schimpft, verspottet den Gegner oder gibt an.

Schimpfworte, die sich mit dem Südende des Verdauungstraktes und seinem Produkt beschäftigen, sind uralt. Forscher haben sie auch bei isoliert lebenden Indianerstämmen, bei Eingeborenen von Neuseeland und bei Eskimos festgestellt. Sexuelles Schimpfen ist bei diesen Völkern noch unterentwickelt: der Spott über anatomische Gegebenheiten der Genitalien unterscheidet sich nicht von der Verspottung einer langen Nase, spezifisch sind nur Schimpfworte wie »mannstoll« oder »weibstoll«. Aber auch diese Quelle des Schimpfens ist alt. Es wurden Höhlenzeichnungen gefunden, auf denen die Männer, die den Feind angreifen, erigierte Penisse haben. Ob das Kraftprotzerei, Drohung oder Demütigung des Gegners bedeutet, sollen Wissenschaftler entscheiden. Vielleicht zeigte es nur das Ziel des Kampfes – Eroberung von Frauen und seinen Grund: die sexuelle Not des Stammes.

Diese Art des Schimpfens hat sich zur Perfektion entwickelt. Ein Araber oder ein Serbe, ein Ungar oder ein Slowake wird ganz genau dem Beschimpften mitteilen, auf welche Art er seine Mutter, seine Schwester, seine Tochter, seine Großmutter, alle seine Schwestern, ihn selbst, seinen Gott, seine Heiligen beschlafen hat. Hier mischen sich Angeberei und Erniedrigung des Gegners. Dazu kommt noch die keinesfalls delikate Andeutung des zweifelhaften Ursprungs des Betroffenen. Hier zwei der feinsten Blüten dieser Gattung: Das stärkste Schimpfwort der raffinierten Chinesen ist »Du Schildkrötenei!«, und die höflichen Australier werden niemandem sagen, er sei ein Hurensohn. Sie konstatieren nur: »Vielleicht bin ich Ihr Vater …« Das bekannte ungarische »teremtete« bedeutet »dich geschaffen« – also, der Teufel hat dich geschaffen, das Schwein hat dich geschaffen und so weiter. Für diese Beleidigung des Schöpfungsaktes gab es im Mittelalter die Todesstrafe.

Es gibt dagegen Völker, die sexuelle Beschimpfungen nicht benutzen und sich mit Schimpfworten aus dem Analbereich begnügen, so die Deutschen und die Tschechen. (Wenn ein Tscheche saftig schimpfen will, tut er es auf slowakisch.) Man kann es so auslegen, daß sie in dieser Hinsicht nicht aggressiv genug sind und nicht genug sexuelle Phantasie haben. Man kann es auch umgekehrt auslegen – daß sie den Beischlaf nie für eine böse Strafe hielten.

Noch eine Bemerkung: Jene obszönen Worte, die ich jetzt mit so viel Mühe gemieden habe, waren nicht immer obszön. Unanständig ist nur, was tabuisiert ist.

In der viktorianischen englischen Gesellschaft war das Wort »Hose« unanständig. Die Unterhosen heißen noch heute bei manchen Leuten »die Unaussprechlichen«.

Zum Schimpfwort kann jedes Wort werden, das man zum Schimpfwort erklärt. So zum Beispiel das Wort »Dirne«, das ursprünglich einfach »Magd« bedeutete. Besonders im politischen Bereich sind die Möglichkeiten unbegrenzt. Hätten wir die unzähligen Tonnen Papier zur Verfügung, die in der Sowjetunion zum Lobe der stolzen Bezeichnung »Kommunist« bedruckt worden sind, gäbe es für einige Jahre keine Papierkrise in Europa; würde dagegen ein ehrwürdiger Kleinbürger irgendwo in Amerika als »Kommunist« beschimpft, liefe er mit der Beleidigungsklage zum Gericht. Die kommunistischen Parteien erfanden laufend neue Beschimpfungen wie »Trotzkist«, »Revisionist« oder »Zionist«. Keiner der Normalbürger der kommunistischen Länder wußte genau, was diese Begriffe bedeuteten, offiziell erfuhr er nur, daß es Schimpfworte waren.
Zwei etwas ältere und deshalb saftigere Dokumente zeigen, wie auch in der internationalen Politik die Drohgebärden der Tiermännchen erhalten blieben. Hier der Brief des türkischen Sultans Muhamed IV.:

Sultan Muhamed IV.
An Kaiser Leopold I. und
Johann Sobieski von Polen
1683, vor der Belagerung von Wien
Von Gottes Gnaden des im Himmel waltenden Gottes verpfänden Wir, Mula Muhamed, glorreicher und allmächtiger Kaiser von Babylonien und Judäa, vom

Orient und vom Okzident, König aller irdischen und himmlischen Könige, Großkönig von Arabien und Mauretanien, Gebieter und Herr vom Grabe des gekreuzigten Gottes der Ungläubigen und ruhmgekrönter König von Jerusalem *Dir*, römischem Kaiser, und *Dir*, polnischem König, und allen Euern Anhängern: Unser heiligstes Wort, daß Wir im Begriffe sind, Euere Ländchen mit Krieg zu überziehn.
Und führen Wir mit Uns: dreizehn Könige mit einer Million und dreihunderttausend Kriegern an Fußvolk und Reiterei und werden, Kaiser, Dein Ländchen mit solchem Heere (von dem weder Du noch Deine Anhänger je eine Vorstellung gehabt) ohne Gnade und Barmherzigkeit von Hufeisen zertreten und dem Feuer und dem Schwerte überantworten lassen.
Vor allem befehlen Wir Dir, in Deiner Residenzstadt Wien: Uns zu erwarten, damit Wir dort Dich köpfen können, und tue auch Du, kleines Königlein von Polen, desgleichen! Sammt allen Deinen Anhängern werden Wir Dich vertilgen und Gottes allerletztes Geschöpf, soweit es nur ein Ungläubiger ist, von der Erde verschwinden lassen. Groß und Klein werden Wir zunächst der grausamsten Marter aussetzen und dann dem schändlichsten Tode überantworten. Dein lächerliches Reich will Ich Dir fortnehmen und von der Erde fortfegen Dein ganzes Volk.
Dich und den König von Polen werden Wir so lange leben lassen, bis Ihr Euch werdet überzeugt haben,

daß Wir alles Angekündigte erfüllen. Dies zur Darnachachtung.
Gegeben in Unserer Haupt- und Residenzstadt Stambul in Unsrem vierzigsten Lebensjahre und im achtundzwanzigsten Unserer Allmächtigen Regierung.

Muhamed

Die heutige diplomatische Sprache ist ein wenig sublimer geworden, was den Sinn der Sache nicht ändert. Nebenbei, der Sultan wurde bei Wien besiegt.
Acht Jahre vor dem Brief des Sultans wurde das Schreiben der Saporoger Kosaken verfaßt, gerichtet an denselben »König aller irdischen und himmlischen Könige«. Die Kosaken – ein Heer, das sich aus entlaufenen Leibeigenen rekrutierte – waren zum Teil freiheitsliebende Rebellen, zum Teil Söldner, die mal im Dienste des russischen Zaren gegen die Polen kämpften, mal im Dienste des polnischen Königs gegen die Russen. Sie terrorisierten unbeirrt die Untertanen beider Herrscher und plünderten – eine auch heute nicht unbekannte Erscheinung. Sie verpaßten den Türken auf den Schlachtfeldern einige harte Schläge und verhöhnten mit Hochgenuß jeden Titel des Sultans.

Du türkischer Schaitan, Bruder und Genosse des verfluchten Teufels und des leibhaften Luzifer Sekretär!

Was in Teufels Namen bist Du eigentlich für ein trauriger Ritter? Was der Teufel scheißt, das frißt Du samt Deinen Scharen, und schwerlich wird es Dir glücken, Christensöhne in Deine Gewalt zu bekommen.
Dein Heer fürchten wir nicht, werden zu Wasser und Lande uns mit Dir schlagen, Du Babylonischer Küchenchef, Du Mazedonischer Radmacher, Alexandrinischer Ziegenmetzger, Jerusalemitischer Bierbrauer, Erzsauhalter des großen und des kleinen Ägypten ...
Du Armenisches Schwein, Du Tartarischer Geisbock, Du Henker von Kamenetz und Taschendieb von Podolsk, Du Enkel des leibhaftigen Satans und Narr der ganzen Welt und Unterwelt, dazu unseres großen Gottes Dummkopf ...
Schweineschnauze, Stutenarsch, Metzgerhund, ungetaufter Schädel! Ausdämpfen soll der Teufel Deine Frau Mutter, und also, Du Unflätiger, antworten Dir die Saporoger! Denn einer Mutter rechtgläubiger Christen bist Du nicht würdig.
Da wir keinen Kalender haben, so wissen wir das Datum nicht, der Mond steht am Himmel, das Jahr steht im Buch geschrieben, und der Tag ist der gleiche wie bei Euch.
Wofür Du uns den Hintern küssen kannst.
Der Lager-Ataman Iwan Syrko mitsamt dem ganzen Lager der Saporoger Kosaken.

»Fluchen« bedeutet auch »schimpfen«. Das englische »to swear« bedeutet »fluchen«, »schimpfen« und »schwören«. Aber der Fluch ist keine Drohung, keine Verspottung, keine Herabsetzung – er ist eine Verwünschung. Das *Handwörterbuch des deutschen Aberglaubens* formuliert es so:

> Fluch ist eine Redeformel, durch welche man Unheil auf einen anderen oder auf dessen Habe oder auch auf sich selbst herabwünscht; im letzteren Falle ist er die Beteuerung einer Aussage, bei deren Unwahrheit man das Unheil als Strafe erleiden will … Die Denkweise, welcher der Fluch entspringt, ist die magische Weltanschauung, welche auf dem Glauben an die Allmacht des eigenen Willens beruht. Der Fluchende lebt in der Überzeugung, daß das bloße Aussprechen, unter Umständen das bloße Denken des bösen Wunsches das Eintreten des Ereignisses zur Folge hat …«

Als magische Handlung ist die uralte Kunst des Fluchens doch wahrscheinlich jünger als das Schimpfen, und ich kann mir nicht vorstellen, daß Tiere Magie betreiben wie Menschen. Es geht nicht so sehr um die Fähigkeit dazu wie um das Bedürfnis. Alle Lebewesen, die Menschen ausgenommen, sind ihrer Lebensart und -umgebung lückenlos angepaßt. Nur der Mensch mußte sich einbilden, er sei so stark, daß seine Wünsche Macht über andere haben. Ich bezweifle, daß ein enttäuschter Fuchs dem entwischten Hasen wünscht: »Der Wolf soll dich fressen!« Fluchen ist zweifellos menschlich.

Jahrtausendelang war Fluchen eine ernste Sache. Der Fluch war und ist noch heute ein juristischer Akt, denn wer »bei Gott« einen Eid leistet, ruft einen Fluch Gottes auf sich, wenn er nicht die Wahrheit sagt.

Die Könige Ägyptens setzten den Fluch dort ein, wo ihre praktische, irdische Macht nicht mehr reichte: Zum Schutz ihrer Gräber riefen sie die Götter zu Hilfe. So steht in einem Grab zu Aniba in Nubien der Fluch gegen einen Grabschänder:

> Ammon-Re soll hinter ihm her sein, ihn zu vernichten; Mut soll hinter seinem Weib sein und Khonsu hinter seinem Sohn, so daß er hungert und dürstet, daß er schwach wird und leiden muß.

Aber auch ägyptische Schreiber sicherten die von ihnen beschriebenen Papyri nicht prosaisch durch Androhung einer Geldstrafe wie heutige Bibliothekare. Sie schrieben einen magischen Spruch hinein:

> Wer das Schriftstück entfernt oder zerstört, der wird nicht begraben werden, keine Libationen erhalten, keinen Opferduft riechen und keine Söhne und Töchter haben, die Wasser für ihn ausgießen, sein Name wird nicht mehr erwähnt im Lande.

Die Herrscher des alten Orients, ob ägyptische, assyrische, babylonische, hethitische oder akkadische, sicherten ihre zwischenstaatlichen Verträge durch schreckliche Fluchformeln. So steht in einem mehr als dreitausend Jahre alten Vertrag:

> Wenn ihr diese Eide achtet, dann mögen euch die Götter schützen, und gedeiht in der Hand des Königs und genießt Frieden! Wenn ihr aber diese Eide brecht, dann sollen alle Eidesgötter euch, euer Land, eure Städte, eure Frauen, eure Kinder, eure Felder und Weingärten, eure Rinder und Schafe vernichten! Dann sollen eure Rinder und Schafe und die Menschen nicht mehr gebären, und die Eidesgötter sollen euch eure Kinder im Leibesinneren fressen.

Das waren also schärfere Sanktionen, als sie die Vereinten Nationen heute zur Verfügung haben, aber auch sie konnten nicht, wie die Geschichte zeigt, den Frieden erhalten.

Auch das Bündnis Gottes mit dem Volke Israel ist durch einen Fluch gesichert. Moses befahl den Priestern, dem Volke anzukündigen, welche Verbrechen unter Fluch stehen. Und das ganze Volk soll Amen sagen und so die Bedingungen anerkennen. Wie in allen Verträgen jener Zeit zählen die Priester erst den Segen auf, der über das Volk kommt, wenn es gehorcht und sich an die Gebote hält. Dann werden die Strafen für die Vertragsbrecher ausführlich geschildert.

Dieser Fluch, im 28. Kapitel des 5. Buches Moses nachzulesen, ist in seiner Herrlichkeit, in der Kraft der Vision, in der grausamen Poesie des Wortzaubers unübertroffen. Nicht Gott aber verhängt ihn, sondern die Menschen tun es. Wer allmächtig ist, braucht nicht zu fluchen, denn der Fluch ist eine Androhung des Eingreifens einer höheren Macht. Selbst irdische Herrscher bedienen sich seiner nur da, wo ihre Exekutive nicht ausreicht.

Der Fluch ist also ein Produkt und ein Geständnis der Ohnmacht. Die Flüche waren und sind ernst, und die Strafen, die sie verheißen, schrecklich, solange man an die magische Wirkung des Fluches glaubte oder glaubt. Die Menschheit hatte jedoch Zeit genug, sich an ihre Ohnmacht zu gewöhnen und sie weniger tragisch, mit mehr Humor zu nehmen. Der Fluch ging den Weg aller Ideologie – so wie die griechischen Mythen, die einst Religion waren, ist auch er zur Folklore geworden.

Es gibt natürlich auch heute noch genug Menschen – nicht unbedingt nur in kulturell rückständigen Ländern –, die an die Wirkung eines magischen oder religiösen Fluches glauben; unvergleichbar zahlreicher sind jedoch die Menschen, die fluchen, ohne überhaupt auf den Gedanken zu kommen, daß ihre Verwünschung sich verwirklichen könnte. Ja, meistens wünschen sie es auch nicht. Ich möchte das Gesicht des Autofahrers sehen, der mit seinem Wagen steckengeblieben ist, den Fehler nicht finden kann und flucht: »Diese verfluchte Karre soll der Teufel holen!«, sollte Beelzebub tatsächlich einen seiner Lehrlinge zum Abholen des Wagens schicken.

Ein heutiger Bayer, der den alten Spruch sagt:

> Heiliger Sankt Florian, verschon mein Haus, zünd andere an!

meint das natürlich ironisch, als Sprichwort, nicht als Fluch. Er wird wohl kaum wissen, daß diese Formel ihren Vorgänger in einer assyrischen Beschwörung hat:

> Sie mögen sterben, ich aber leben! Sie mögen abbiegen, ich aber geradeaus gehen! Sie mögen ein Ende nehmen, ich aber zunehmen! Sie mögen schwach werden, ich aber stark!

Ernst wird eine solche Beschwörung nur unter außergewöhnlichen Bedingungen wie in den sowjetischen Arbeitslagern, in denen, wie Solschenizyn bezeugt, als Regel des Überlebens die Formel galt: »Stirb du heute und ich erst morgen!«
Auch tschechische Kinder, die manchmal auf ihre Bücher »Kdo tu knihu ukradne, tomu ruka upadne! – Wer dieses Buch stiehlt, dem fällt die Hand ab!« schreiben, haben keine Ahnung, wie ernst es einst die altägyptischen Schreiber meinten. Es ist für sie eine witzige Art, ihr Eigentum zu kennzeichnen.
Ein Brief, vor mehr als acht Jahrzehnten aus Ostafrika nach Hamburg geschickt, scheint ein Dokument des naiven Glaubens an die Wirkung des Fluches zu sein:

Der Dorfälteste
Hassan Ben Omar
An die Firma Becker, Schultz & Co. in Hamburg
Njambwe-Ogogo, Ostafrika
26. August 1912
Herr!
Warum hast Du mir nicht die Seife geschickt, die ich verlangt habe? Glaubst Du vielleicht, mein Geld ist schlecht?
Verflucht seist Du, Becker, Schultz & Co., mögen Heuschrecken Deinen Mais fressen und die Tsetse Deine Kühe stechen, da Du mir keine Seife schicken willst.
Dein untertäniger Diener
Hassan ben Omar

Ich bin mir aber nicht ganz sicher, daß Hassan Ben Omar tatsächlich die Maisfelder an der Alster mit magischen Mitteln vernichten wollte. Vielmehr war der Fluch ein traditioneller Ausdruck der Empörung.
Sobald sich der Fluch von der Last des Glaubens an seine Wirksamkeit befreit, wird er leichter und witziger. Leichter in dem Ausmaß der Strafen und in der Gewichtigkeit des Anlasses. Wenn man den Koch verfluchen will, weil man in der Suppe ein Haar gefunden hat, muß man nicht gleich zu einem mongolischen Fluch greifen wie diesem:

> Ich wünschte, daß dir der Teufel mit einem Messer in den Leib kröche, dir das Fett von den Gedärmen schälte und Kerzen davon machte, um dir zur ewigen Verdammnis zu leuchten.

Es reicht sicher, dem Koch zu wünschen: »Der heilige Bimbam soll dir alle deine Haare ausfallen lassen!«
Ein alter jüdischer Witz verspottet die magischen Fähigkeiten eines Rabbis:

> Ein frommer Anhänger eines Wunder-Rabbis rühmt sich damit, wie groß sein Rabbi sei und welche Wunder er vollbringt: »Ich begleitete den Rabbi bei einem Spaziergang. Da kamen Kinder, beschimpften den Rabbi und verspotteten ihn und bewarfen ihn mit Steinen. Der Rabbi regte sich auf und verfluchte die Kinder: »Ihr Frechlinge, ihr Banditen, das große Haus möge einstürzen und euch begraben!« Ich bat den Rabbi, er solle den Fluch zurücknehmen – es waren doch dumme kleine Kinder. Der Rabbi ließ sich überreden und sagte: »Das Haus soll nicht einstürzen!« Und was passierte? Ein Wunder passierte! Das Haus ist nicht eingestürzt!«

Und hier ein tschechischer Witz, der in der Nachkriegszeit entstand:

> Der Kreisparteisekretär fährt zu einer Versammlung auf dem Lande. Er hat es eilig, die Genossen in einem entlegenen Dorf warten schon auf seine In-

struktionen. Aber sein Wagen bleibt in der Stadt stehen, und zwar genau vor dem Pfarrhaus.
Der Sekretär versucht vergeblich, den Wagen wieder flott zu kriegen, verliert die Geduld und flucht schrecklich. Er sakriert, ruft alle Teufel und verwünscht alle Heiligen.
Der Pfarrer, sein ideologischer Feind und Konkurrent, sieht eine Weile mit Genugtuung zu und sagt dann: »Du sollst nicht fluchen, mein Sohn. Du solltest jetzt lieber beten, vielleicht wird dir Gott helfen.«
Der verzweifelte Parteimann erinnert sich an das Vaterunser, kniet nieder und betet.
Und plötzlich springt der Motor von allein an. Der Sekretär gibt Gas und verschwindet.
Der Pfarrer schaut ihm verdutzt nach: »Himmelherrgottsakrament! Der Teufel soll mich holen! Wer hätte gedacht, daß das wirkt?!«

Die Respektlosigkeit dem Fluch, dem Schwur und der Verwünschung gegenüber hat eine lange Tradition. Hier eine arabische Geschichte, die tausend bis zwölfhundert Jahre alt ist:

Zwei Dumme waren auf dem Heimweg, da schlug der eine vor:
»Laß uns etwas wünschen!«
»Ich wünsche, ich besäße eine Herde von tausend Schafen«, sagte der eine.

»Und ich wünsche, ich hätte eine Herde von tausend Wölfen«, sagte der andere listig.
»Warum das?« wunderte sich der erste Dummkopf.
»Auf daß sie deine Schafe auffräßen.«
Diese Worte lösten einen heftigen Streit zwischen den beiden aus, der zur Schlägerei führte.
Zufällig erschien ein Einfaltspinsel mit einem Esel an der Ecke. Auf seine Frage nach dem Grund des Aufruhrs wurde ihm der Fall vorgetragen. Als er von den Wünschen der beiden erfuhr, nahm er zwei Krüge voller Honig aus den Satteltaschen des Esels und ließ ihren Inhalt auf die Erde auslaufen. Dazu sprach er: »Möge Gott mein Blut fließen lassen, wie dieser Honig vor euch fließt, wenn ihr nicht zwei Dummköpfe seid!«

Ähnlich klingt das russische Sprichwort:

»Meinem Vater zum Trotz sollen mir die Ohren abfrieren, weil er mir keine neue Mütze schenken wollte!«

Erfinderisch und poetisch waren die Flüche immer, auch wenn ihre Poesie grausam war. Aber erst der entmagisierte Fluch gibt der Poesie und dem Witz freie Bahn. Den Göttern sei Dank, ungläubige Spötter gibt es schon lange.
Mit viel Phantasie verwünschte François Villon die Verleumder:

Ballade von den Lästerzungen

In ungelöschtem Kalk und in Arsen,
In Höllenstein, Salpeter, heißem Blei,
Um darin desto rascher zu vergehn,
In Schweiß und Pech, dem man noch einen Brei
Aus Kot und Judenpisse setze bei,
In kranker Beine Badewasserflut,
Darein man Eiterschleim von Füßen tut,
In Vipernblut, besonders gut geraten,
Der Wölfe, Füchse, Dachse Gallensud,
Soll man die Zungen der Verleumder braten!

Im Hirn von Katzen, die nicht fischen gehn,
Weil sie zu alt sind – zahnlos noch dabei –
und eines Hundes, genauso anzusehn
In seiner Tollwut Speichelgeiferei,
In eines Maultiers Lungenspeichelei,
Zerteilt mit einer Schere, scharf und gut,
In Wassern voller wüster Rattenbrut,
Darinnen Frösche, Kröten, Schlangen baden,
samt ähnlichem Getier voll Gift und Wut,
Soll man die Zungen der Verleumder braten.

In Säuren, die gefährlich übergehn,
Und in der Natternbäuche Speisebrei,
Im Blut, wie wir's beim Aderlassen sehn,
Sobald im Vollmondschein der ganze Spei
Halb schwarz, halb grünlich schillert nebenbei,

Im Eiterfluß und in der Töpfe Sud,
Darein die Amme ihre Windeln tut,
Im Spülgefäß, in dem die Dirnen baden
(Bordellbenutzer kennen es sehr gut),
Soll man die Zungen der Verleumder braten!

Mein Fürst, zu all den Leckerbissen tut
Ein wenig Saukot noch, und in dem Sud
– Geseiht, falls ihr des Siebes müßt entraten,
Durch einen Hosenboden – kurz und gut:
Soll man die Zungen der Verleumder braten!

Aber nicht nur große Dichter haben sich phantasievolle Flüche ausgedacht – die Volksdichtung ist auf diesem Gebiet unerschöpflich. Hier Beispiele aus der deutschen Folklore:

Daß dich nur das beste Paar Hexen reiten tät von Gomaringen!

Heute will ich nicht fluchen; aber morgen sollst du die tausend schwere Not kriegen!

Ein phantasieloser Mensch flucht einfach: »Der Teufel soll dich holen!«, einer mit Dichterader sagt: »Der Teufel soll dich vierspännig holen!« Und hier ein bayrischer Fluch, der zwar im Inhalt nicht sehr erfinderisch, dessen Aussprechen jedoch eine künstlerische Leistung ist:

Himmiherrgottzaggramenzefixallelujamilextam-
arschscheisglumpfaregtz!

Hier einige ungarische Flüche, die noch salonfähig sind:

> Dreizehn Apotheken sollen nicht ausreichen, um dich zu beliefern!
>
> Der Fluß vor dir soll das Ufer überschwemmen, der Matsch hinter dir soll zum Sumpf werden!
>
> Du sollst an deinem Namenstag platzen!

Ich versuche hier durch anatomische Verrückung die salonfähige Version eines ungarischen Fluches zu schaffen, dessen Bildhaftigkeit mich fasziniert:

> Der verrostete Zeh des Jesus Christus, der hinter dem Dorf steht, soll dir ein Auge ausstechen!«

Im Original ist nicht vom Zeh die Rede. Übrigens, es ist ein von Ethnographen festgestelltes Gesetz: Je frommer das Land, um so blasphemischer die Flüche.
Man flucht überall, und man hält immer die anderen für die größeren Flucher. Das deutsche *Sprichwörter-Lexikon* registriert: »Er flucht wie ein Heide, wie ein Türke, wie ein Kärrner, der im Kote steckt, wie ein Landsknecht, wie ein Schweizer, wie ein polnischer Jude. In Luzern sagt man, er flucht wie ein Mühlicherer, in Polen sagt man, er flucht wie ein Schwabe.«
Carl Julius Weber schrieb in seinem Buch *Demokritos oder Hinterlassene Papiere eines lachenden Philosophen*, dessen Erstausgabe im Jahre 1832 erschien:

Graf Dietrichstein stiftete 1517 eine eigene Gesellschaft, die sich verband, nicht zu fluchen, ob sie gleich Fluchgesellschaft hieß; unsere Reichsgesetze setzen viele Strafen aufs Fluchen, die alle sicher nicht so viel wirkten als die Buße, die ein Kapuziner seinem Beichtkind auflegte, bei jedem Fluche sollte er sich einen Knopf abreißen; nach 24 Stunden sah er sich knopflos, und wollte er nicht ewig knopflos bleiben, so mußte er das Fluchen bleiben lassen. Katholiken haben nur sieben Sakramente, aber sie schwören wie Protestanten, der Vater tausend, die Mutter hundert Sakramente (müssen die Kinder nicht irrig werden in der Zahl der Sakramente?), und der Soldat ist ohne hunderttausend oder Millionen Sakramente nicht zufrieden, denn er kennt auch Legionen und Millionen Teufel.

An einer anderen Stelle sagt Carl Julius Weber: »Man sieht es, daß unsere Juden aus dem Orient stammen, sie fluchen selten.« Der alte Herr irrte in diesem einen Satz mindestens zweimal – in der Beurteilung der Orientalen und in der Beurteilung der Juden. Das heißt, für die assimilierten deutschen Juden mag es vielleicht zutreffen: Da ihre Muttersprache Deutsch war, kannten sie die jiddischen Flüche kaum, und auf christliche Art Sakramente und Heilige bemühen konnten sie auch nicht. Die jiddischsprachigen Juden im Osten Europas entwickelten jedoch eine geradezu dichterische Fluchkultur. Soviel ich weiß, gab es dabei keine erotischen Flüche. (Schimpfworte aus diesem Bereich waren geläufig und nicht einmal salonunfähig.) Wenn eine Markthändlerin aus Wilna oder Warschau ihrer Konkurrentin im Zorn zurief: »Man soll dir einen Regenschirm in den Hintern stecken und innen öffnen!«, waren dabei keine analerotischen Wünsche im Spiel, mögen sich die Freudianer auch auf den Kopf stellen. Auch nicht bei einem Dialog wie diesem:

»Man soll einen Eisenstab glühend machen und ihn dir mit dem kalten Ende in den Hintern stecken!«
»Warum mit dem kalten Ende?«
»Damit du ihn nicht herausziehen kannst!«

Hier einige Beispiele aus der ostjüdischen Fluch-Folklore:

»Du sollst für die Welt zu gut sein und nicht gut genug für deine Frau.«

»Du sollst lange schlafen können und dauernd von deinen Sorgen träumen.«

»Du sollst der Beweis sein, daß man alles aushalten kann.«

»Man soll dir alle Zähne ausreißen. Einen soll man dir lassen, damit er dir weh tut.«

»Du sollst immer sauber gekleidet sein, um deine Armut zu verschönen.«

»Du sollst ein Lügner sein und dabei ein schwaches Gedächtnis haben.«

»Die besten Gedanken sollen dir kommen, wie die Polizei kommt – zu spät.«

»Gott soll dir Verstand geben und kein Glück.«

»Du sollst viele Verwandte haben und keine Freunde.«

Du sollst wie eine Lampe sein: Tagsüber sollst du hängen, in der Nacht sollst du brennen, am Morgen soll man dich auslöschen.«

»Du sollst eine Million Dollar haben und nicht kacken können.«

»Du sollst tausend Häuser haben, in jedem Haus tausend Zimmer, in jedem Zimmer tausend Betten – und das Fieber soll dich von einem Bett aufs andere werfen.«

Es gibt auch ganz harmlose Flüche wie diese: »Ich wünsche dir weiche Brötchen, harte Butter, heißen Kaffee – und du sollst dich beeilen müssen, damit du den Zug nicht verpaßt.« Es gibt solche milden Flüche in jeder Folklore. Der Deutsche sagt: »Das Mäuslein soll dich beißen«, der Pole: »Die Ente soll dir einen Tritt geben«. Sie sind verständlich, denn der folkloristische Fluch hat schon lange seine ursprüngliche Funktion verloren. Ich habe mich bemüht, das Fluchen seines Ursprungs wegen vom Schimpfen zu trennen. Jetzt treffen sie wieder zusammen, denn der Fluch, ohne den Glauben an seine magische Wirksamkeit ausgesprochen, hat keine andere Funktion als ein Schimpfwort. Carl Julius Weber hat diese Funktion vor anderthalb Jahrhunderten so formuliert:

> Fluchen, Zanken, Schimpfen sind Ausbrüche des Zorns, womit sich die Natur, wie durch das Schreien im Körperschmerz, zu helfen und das Stocken des Blutes im Herzen zu zerstreuen sucht und dadurch sich selbst zu erleichtern; ein kräftiger Fluch ist schon oft bei Schmerz der kräftigste Trost gewesen, der oft andern sogar Ohrfeigen und Prügel ersparte, und im Kleinen das, was das Donnerwetter im Großen, wodurch sich die Natur abkühlt.

Vielleicht stimmt das medizinisch nicht genau, psychologisch ist es jedoch absolut richtig. Die moderne Wissenschaft hat es bestätigt. Wer also das Fluchen verflucht, handelt verflucht unklug. Wir können uns ruhig nach den alten deutschen Sprichwörtern richten: »Ein Fluch macht keine Beulen«, »Wem man flucht, dem kein Schad geschieht« und »Fluchen und Schnarchen schlägt den Mann nicht«.

»Mütterlicherseits Schriftsteller, väterlicherseits Hofnarr«
Stanisław Jerzy Lec und der Aphorismus

Stanisław Jerzy Lec ist im deutschen Sprachraum bekannt. Von seinen *Unfrisierten Gedanken* wurden mehrere hunderttausend Exemplare verkauft. Das bedeutet Millionen von Lesern.
Stanisław Jerzy Lec ist im deutschen Sprachraum unbekannt. Die meisten seiner begeisterten Leser – und er hat nur begeisterte Leser, denn bei geistlosen kommen Aphorismen nicht an – können seinen Namen nicht richtig aussprechen. Die einen sagen »Lek«, die anderen, die sich im Besitz der Geheimnisse der slawischen Rechtschreibung glauben, sagen »Letsch«. Wäre er doch bei seinem wirklichen Namen geblieben: Baron de Tusch-Letz. Dieser Name paßte freilich nicht in die Wirklichkeit der Volksrepublik Polen hinein, paßte jedoch sehr gut zu seinem Besitzer, dem Aristokraten des Geistes. Nur das Adelsprädikat hätte höher sein müssen.
Ein Freund von Lec, der jüdische Kulturhistoriker und Schriftsteller Salomon Łastik erzählt, daß Lec ihm gegenüber seinen Namen und somit seine Herkunft von den »gerechten Leviten« ableitete. Anderen wiederum – dar-

unter auch mir – erzählte Lec eine andere Version: »Lec« käme von dem hebräischen »Leitsan« – Narr, Clown, »Safrin« von »Sofer«, das heißt Schriftsteller. Er sei also väterlicherseits zum Spaßmacher, mütterlicherseits – seine Mutter war eine geborene Safrin – zum Schriftsteller prädestiniert.
In seiner letzten Autobiographie, die er im Frühjahr 1966 geschrieben hat – er ist am 7. Mai 1966 gestorben – sagt er:

> War ich denn wirklich erst am 6. März 1909, wie es aus meinem Lemberger Geburtsschein hervorgeht, geboren? Oder vielmehr erst im Jahre 1933, als ich nach der Wiener und der Lemberger Schule und der Universität die Stätte der Rechtswissenschaft verließ, um meine erste Bekanntschaft mit dem Unrecht zu machen? Oder vielleicht wurde ich erst existent, als im selben Jahr mein Lyrikbändchen *Farben* aus der Druckmaschine herausfiel? Oder vielleicht erst im Jahre 1935 mit dem Erscheinen der Satirensammlung *Zoo*? Nun, später kam ich mehrmals auf die Welt, lyrisch und satirisch; mit jedem Buch, mit jedem Gedicht, ja mit dem kleinsten Epigramm. Womöglich wurde ich aber erst im Krieg geboren? Im Konzentrationslager? Oder erst nach der Flucht vor der Hinrichtung im Jahre 1943? Oder als ich die Wälder der Partisanen im Jahre 1944 verließ? Wie viele Gelegenheiten auch danach, geboren zu werden!

Lec war Jude, evangelisch und Atheist. Er schrieb: »Vielleicht hat Gott selber mich zum Atheisten erwählt?«
Er hatte seine Heimat in Wien, in Lemberg, in den Dörfern Podoliens, wo seine Eltern vor dem Ersten Weltkrieg ihr Landgut hatten, und er war geradezu die Verkörperung des intellektuellen Warschau. Sein geistiges Zuhause hatte Lec in der polnischen Kultur, in der jüdischen und in der deutschen. Er übersetzte Heine, Lessing, Goethe, Tucholsky, Brecht, Trakl ins Polnische und hatte einst vor, seine eigenen Gedichte ins Deutsche zu übertragen und hat auch einige in Deutsch geschrieben.
Er war Bankierssohn und Linker. Er war auf seinen österreichischen Adelstitel stolz, den einer seiner Vorfahren bekommen hatte, und schloß sich kommunistischen Partisanen an, als er unmittelbar vor der Hinrichtung in der Uniform eines deutschen Soldaten aus einem nazistischen Konzentrationslager entkam.
Lec kämpfte in den Wäldern Polens gegen die deutschen Okkupanten, redigierte im Untergrund Kampfblätter, wurde nach dem Krieg zum Major der Reserve ernannt und mit dem höchsten Orden der Volksrepublik Polen dekoriert. Die Volksrepublik schickte ihn als Kulturattaché nach Wien, und er arbeitete dort unermüdlich, um der polnischen Literatur und Kunst europäische Kontakte zu verschaffen.
Im Jahre 1950 wanderte Lec nach Israel aus. Er schrieb ein Buch *Jerusalemer Gedichte*, aber nach zwei Jahren,

krank vor Heimweh, kehrte er nach Warschau zurück, obwohl das damals, in der schlimmsten Stalin-Zeit, für einen entflohenen Diplomaten höchst gefährlich war.
Gibt es eine Logik in diesem Lebenslauf? Ja, es ist die reinste Logik des 20. Jahrhunderts.
Der bedeutendste lebende polnische Philosoph, Leszek Kołakowski, selbst ein hervorragender Satiriker, sagte über Lec:

> Lec war eine einmalige Erscheinung aus dem Kreise jener besonderen polnischen Subkultur, die der Hitlerüberfall unwiederbringlich vernichtet hat und deren Reste nur in Einzelexemplaren am Leben blieben … Was Lec in sich verband, war der Mut eines königlichen Hofnarren mit der Melancholie eines Rabbis …

Eine Journalistin fragte Lec einst, ob er auch größere Sachen schreibe. »Nein«, antwortete er, »nur große!«
In den letzten Jahren seines Lebens schrieb Lec eine Serie von Minigeschichten, die er *Kleine Mythen* nannte. Hier eine Kostprobe, übersetzt von Karl Dedecius, wie alle Texte von Lec in diesem Essay.

Musterexemplar

Ich weiß nicht, ob ich es schon erzählt habe, daß ich seit einiger Zeit, wenn ich erregt bin, Selbstgespräche führe. Wahrscheinlich bin ich nicht der er-

ste und nicht der letzte, der so etwas tut. Vor allem nicht unter Satirikern.
»Zeigt mir das Musterexemplar von einem Menschen!« rief ich eines Tages unter anderem.
So meinte wenigstens ein Engel, der plötzlich vor mir stand und Antwort gab:
»Komm mit mir« – sagte er –, »ich will dir dieses Muster von einem Menschen zeigen.«
Er führte mich in die Ödnis, wo in einer Einsiedelei mit Vollpension, Wäsche usw. jenes Muster lebte.
»Ich bin das Muster von einem Menschen« – sagte dieses, als ich ihm vorgestellt wurde, und es fügte mit einer bescheidenen Ehrlichkeit, die ich natürlich erwartet habe, hinzu –, »das man zur Serienproduktion nicht zugelassen hatte.«

Lec betonte immer, daß er ein Lyriker sei. Er war ein Lyriker von Rang. Und in seiner Lyrik, die, verständlicherweise, stilistisch verschiedene Epochen durchgemacht hat, war immer das Reflexive, Philosophische vorhanden, Keime der Aphorismen.
Lec selbst nannte sich »boshafter Lyriker und sanfter Spötter«.
Das Gedicht »Morgen« hat ein genaues Datum. Es entstand am 15. Januar 1937:

Ich weiß, daß ich mich einmal erneuern werde,
hineingewachsen ins Bewußtsein wie in Erde,

und daß mein Kopf dann neue Lyrik knospen wird
wie Blätter.
Mein Blut wird neue Lieder schmettern
und meines Herzens saftige Kirsche
wird Freude sprengen,
die heute noch als Kern in ihr schlummert.

Nur das schmerzliche Lächeln, lauernd
im Winkel des Mundes,
wie in einer Bucht der Trauer,
unversiegt,
wird mir bleiben,
ich werde es tragen,
das Mal vom heutigen Tage,
wie eine tiefe Wunde
vom Krieg.

Weltberühmt ist Stanisław Jerzy Lec durch seine Aphorismen geworden. Der Lyriker Lec hat es dem Aphoristiker Lec ein wenig übelgenommen.
Der Aphoristiker Lec war andererseits auf seine *Unfrisierten Gedanken* und auf ihren Erfolg sehr stolz. Er suchte nach jedem Abdruck und nach jeder kleinsten Notiz in den kleinsten Zeitungen. Er hatte immer irgendeine Rezension in der Tasche und zeigte sie Bekannten. Als er mir 1965 sein Buch *Neue unfrisierte Gedanke*n aus Warschau nach Prag schickte, lag ein Zettel drin – ich habe ihn heute noch – »In drei Stunden vergriffen«. Ohne Ausrufungszeichen, als Selbstverständlichkeit.

Manche Leute fanden es lächerlich – der berühmte Lec hatte dies doch gar nicht nötig. Ich finde es keineswegs lächerlich. Aphorismus ist die persönlichste literarische Gattung. In keiner anderen steckt der Autor so voll drin, selbst in der intimsten Lyrik nicht. Und es ist die am leichtesten verletzbare Gattung. Das Schlimmste, was einem lyrischen Gedicht passieren kann, ist, daß es nicht verstanden wird – einen Aphorismus kann man aber ganz verkehrt auslegen.
Und welcher Vater, welche Mutter stellen nicht ihre gelungenen Kinder zur Schau und sind gegenüber den Bestätigungen ihrer Erfolge gleichgültig? Lec selbst glaubte, daß er ein Egozentriker sei. Karl Dedecius erzählt eine bekannte Lec-Anekdote:

> Am liebsten fuhr Lec nach Wien, in die Stadt seiner glücklichen Kindheit. Als er diese Reise einmal mit Roman Karst unternahm und als beide dann am Flughafen in Wien gelandet waren, fragte ihn Roman Karst: »Ist es dir eigentlich aufgefallen, daß du die ganze Zeit nur von dir gesprochen hast?« Und Lec antwortete darauf mit entwaffnendem Charme: »Ja, hättest du ein besseres Thema gewußt?«

Wenn ein echter Dichter über seine Innenwelt spricht, geht es um mehrere Welten – um die, die er entdeckte, und um die, die er erschuf. Deshalb ist er so interessant – auch für sich selbst.

Immer will mir scheinen, ich sei ein Geistlicher eines Extraordinären Ordens. Ich erzähle den Delinquenten auf dem Wege zum Hinrichtungsplatz Witze, besessen von dem Glauben, ich selber würde danach heil heimkehren dürfen.

Der Epigrammatiker Stanisław Jerzy Lec – Lec hat mehrere hundert Epigramme geschrieben – hat sich in den inneren Streit zwischen dem Lyriker und dem Aphoristiker nicht eingemischt. Er mußte wohl einsehen, daß die Epigramme auf einem internationalen Forum weniger Chancen haben. Nicht weil sie weniger witzig oder weniger originell wären – sie sind nur noch schwieriger übersetzbar als Aphorismen oder lyrische Gedichte. Ihr Reiz liegt oft in einem witzigen, unerwarteten Reim. Selbst ein so hervorragender Übersetzer wie Karl Dedecius übertrug nur einen kleinen Teil der Lecschen Epigramme ins Deutsche. Wohlgemerkt, bei Lec ist es besonders schwierig – kein Vergleich mit den klassischen Epigrammen der Antike, in denen der Reim kein Element des Inhalts war, sondern nur eine technische Gedächtnishilfe.

Zweizeiler

Nur zwei Zeilen für unsere Zeit? Ja, leider.
(Die Gefängniswände sind auch nicht breiter.)

Ideologischer Rentner

Mut, Wille, Ideen – das alles war einmal.
Jetzt trägt ihn der Zinsfuß vom Marxschen *Kapital*.

Für Satiriker

Ein Körnchen Gold aus dem Weisheitstiegel:
Schreibe Satiren nur vor dem Spiegel.

Kleinigkeit

Ein Epigramm zu schreiben, sagte ein Gewitzter,
dazu gehört nicht viel.
Er setzte sich hin, hustete, schwitzte
und schrieb – ein Trauerspiel.

Ein Teil seiner älteren Epigramme – aus der Vorkriegszeit und der Zeit unmittelbar nach dem Krieg – ist noch aus einem anderen Grund unübertragbar: Es sind Anspielungen auf konkrete politische Ereignisse oder sogar auf Interna des Warschauer Kulturlebens. Sie wären für einen ausländischen Leser unverständlich. Die späteren haben sich stark »aphorisiert«. Diesen Prozeß haben wir nicht nur der Reife des Autors zu verdanken und dem Einfluß seiner eigenen Aphorismen. Auch die polnische Zensur hat sich da verdient gemacht – Anspielungen auf aktuelle innenpolitische Ereignisse konnten nicht gedruckt werden. Politische Zensur hat für die Satire auch eine positive Bedeutung – sie zwingt sie in die Tiefe.
Hier möchte ich etwas klären: Ein Freund von mir, ein tschechischer Satiriker und Epigrammatiker, rezensierte seinerzeit mein erstes Aphorismenbuch und äußerte den Verdacht, »Aphorismen seien Epigramme der Faulen«, also Epigramme von Autoren, die zu faul sind, einen

Reim zu suchen. Ich dagegen glaubte, Epigramme wären nur gereimte Aphorismen, keiner von uns hatte recht. Ein gut gebautes Epigramm ist mehr spielerisch, mehr spitzbübisch als ein Aphorismus, enthält mehr Schalk, gebärdet sich scheinbar frecher. Der Aphorismus dagegen ist gewichtiger. Er kann nicht à conto des Reimes Konzessionen in der Präzision des Gedankens machen. Insofern ist Aphorismus in seiner scheinbar losen Form gebundener als jedes andere literarische Werk. Er ist nackt, wie die Wahrheit.

Ist er also die Wahrheit?

Karl Kraus schrieb:

»Der Aphorismus deckt sich nie mit der Wahrheit; er ist entweder eine halbe Wahrheit oder anderthalb.«

Von dieser Definition ausgehend sagte ein Autor, dessen Identität ich nicht feststellen konnte:

»Aphorismus ist eine Halbwahrheit, die so formuliert ist, daß die Anhänger der zweiten Hälfte der Schlag trifft.«

Mein eigener Aphorismus zu diesem Thema lautet: »Man schätzt den Aphorismus unter anderem deshalb, weil er eine halbe Wahrheit enthält. Das ist ein ungewöhnlich hoher Prozentsatz.«

Im Nachlaß von Lec wurde folgende Formulierung gefunden:

»Der Aphorismus enthalte nur die halbe Wahrheit, wird geunkt. Ich baue darauf, daß der Leser die andere Hälfte besitzt.«

Wenn jemand diese Aussagen nach dem Muster des altgriechischen Paradoxon »Alle Kreter lügen« auseinandernehmen möchte, sei es ihm freigestellt. Also: »Wenn Aphorismen sagen, daß Aphorismen Halbwahrheiten sind, dann sind das auch Halbwahrheiten. Folglich enthält ein Aphorismus entweder ein Viertel der Wahrheit oder die ganze ...« Jeder kann das nach seinem Geschmack fortsetzen.

Der Literaturwissenschaftler Wilhelm Grenzmann schrieb:

»Der Aphoristiker ist kein Skeptiker: Er setzt die Welt um sich voraus, auch – wie Pascal – die Glaubenswelt, aber er versucht, sie nach eigenem Vermögen zu durchleuchten und sich anzueignen. Skeptisch ist er nur gegen überkommene und nicht geprüfte Meinungen.«

Bis dahin kann man mit dem Wissenschaftler fast einverstanden sein. Auch wenn er sagt, daß der Aphoristiker »von Natur unsystematisch, ja gegen alle Systematik ist«. Denn die Lüge steckt meistens im System, ja, in manchen Systemen ist sie selbst zum beherrschenden System geworden. Und Grenzmann hat das nicht selbst ausgedacht. Es stammt von Francis Bacon – von jenem englischen Philosophen des 16. Jahrhunderts, dem manche Forscher die Werke Shakespeares zugeschrieben haben. Nur wertete Bacon das unsystematische Vorgehen der Aphoristiker anders als Grenzmann. Grenzmann kommt zu dem Schluß: »Der Aphoristiker nähert sich seinem Gegenstand mit unaufhörlichen Denkanstößen, die untereinander nicht logisch verbunden werden. So kommt er nie zu

einem Ende, sondern bleibt im Grunde immer an seiner Ausgangsstelle stehen; er bringt die tragische Begrenzung seines Schaffens von Anfang an mit.«
Gott, wie deutsch, diese komische Begrenzung des wissenschaftlichen Schaffens! Natürlich kommt der Satiriker nie zu einem Ende – er strebt ja immer wieder nach einem Anfang. Francis Bacon war vor vierhundert Jahren mit seinem Urteil viel weiter. Er sah den Aphorismus als Instrument der Wissenschaft, Aphoristik als die Alternative zu der dogmatischen systematischen Methode, das Wissen zu übermitteln. Wenn man statt Wissenschaft das Wissen vom Menschen und seiner Welt einsetzt, denn das ist der Gegenstand der Dichtung, stimmt in Bacons Charakteristik alles.
Der Aphorismus fordert das Denken und verlangt es. Vielleicht ist er deshalb bei manchen gelehrten Männern und ernsten Dichtern unbeliebt.

»Er hat ein Vogelhirn« – hieß es von einem Adler.

Gedanken hüpfen wie Flöhe von einem Menschen auf den anderen. Aber sie beißen nicht alle.

Auch zur Bewachung von Gedanken verwendet man Eunuchen.

Maximen, Sentenzen und sogenannte »goldene Gedanken«, also positiv formulierte Weisheiten, Grundsätze, Lebensregeln und »höchste Regeln« gehören nicht zur

Gattung des modernen Aphorismus. Vielmehr gehören sie zur Urgeschichte dieser Gattung. Sie passen besser zur Denkart der Herrscher, Kirchenväter, Weltverbesserer und Welterlöser als zu jener der Denker. Seit Lecs *Unfrisierte Gedanken* da sind, müssen sich die Verfasser moralisierender Sprüche – deren Nützlichkeit ich keineswegs bestreiten möchte – eine andere Bezeichnung für ihre Werke suchen. (Ich sagte absichtlich nicht »Moralisten«, denn so werden die herrlichen französischen Aphoristiker des 18. Jahrhunderts genannt – La Rochefoucault, Chamfort, Vauvenargues und andere –, die die herrschende Moral entlarvten und attackierten.) Nichtsatirische, nicht polemische Aphorismen kann ich mir nach Lec nicht vorstellen.

Ehrlich gesagt, ich wußte früher nicht, daß auch Wissenschaftler – ich meine Naturwissenschaftler – sich der Waffen des Aphorismus bedient haben, seiner Prägnanz, Geschliffenheit, einprägsamen Kürze. Warum aber auch nicht? Der Aphorismus gehörte zum Arsenal der Dichter und der Philosophen, als es unter ihnen noch keinen deutlichen Unterschied gab, als das Wort »Philosoph« noch keine Berufsbezeichnung, sondern eine Auszeichnung für den Denker war. Dichter, Philosophen und Wissenschaftler sind verschiedene Waffengattungen derselben Armee. Die leichte Kavallerie der Dichter kundschaftet das Terrain der Erkenntnis aus, auf ihrer Phantasie reitend; die Philosophen sind die Stabsstrategen der großangelegten Feldzüge; und die Wissenschaft-

ler – das sind jene schwergepanzerten und heute auch motorisierten Einheiten, die das Territorium definitiv besetzen.
Wie viele Väter hat der moderne Aphorismus? Wie viele Quellen? Man braucht nur die bedeutendsten Aphoristiker der deutschen Sprache aufzuzählen: Lichtenberg, Jean Paul, Goethe, Heine, Nietzsche, Schopenhauer, Karl Kraus, Alfred Polgar, Kurt Tucholsky – Wissenschaftler, Philosophen, Publizisten, Lyriker … Poesie und Philosophie vererbten dem Aphorismus die Präzision der Form und die Präzision des Denkens. Die Wissenschaft die Präzision der Beobachtung. Von der philosophischen Definition unterscheidet sich der Aphorismus oft nur durch seine künstlerische Mehrdeutigkeit.
Obwohl Lec sagte:
»Wenn mir vorgeworfen wird, ich sei zweideutig, geht es gerade darum, daß ich eindeutig bin.«
Die Vieldeutigkeit ist eine Grundeigenschaft der Kunst überhaupt. Das ist ihr Vorteil der Wissenschaft gegenüber – mit den Mitteln der Kunst kann man auch das sagen, was man selber nicht weiß. Keiner kann mich hindern, auch die realistischste Bildsäule für ein Symbol zu halten; oder mich mit einem Helden zu identifizieren, dem ich gar nicht ähnlich bin. Jede literarische Aussage ist mehrdeutig, weil sie erst dann zur Aussage wird, wenn sie gelesen, also von mehreren Menschen gedeutet wird. Ein Text, an dem es nichts zu deuten gibt, ist eben ein Text ohne Bedeutung.

Der moderne Aphorismus braucht diese Zusammenarbeit mit dem Leser noch mehr als jede andere Literaturgattung, weil er nur die Pointe sagt und den Hintergrund, die »zweite Hälfte der Wahrheit«, beim Leser finden muß.

»Von der Mehrzahl der Werke bleiben nur die Zitate übrig. Ist es dann nicht besser, von Anfang an nur die Zitate aufzuschreiben?«

Um diese Hilfe vom Leser zu bekommen, muß der Aphorismus dessen Lebenserfahrungen, dessen Probleme und Gedanken treffen. Lec trifft sie. Diesen Erfolg müßte man eigentlich als erstaunlich betrachten. Denn der Aphorismus, besonders der Lecsche, ist zweifellos die anspruchsvollste Literaturgattung. Er bringt dem Leser eine geballte Ladung von Gedanken, Witz, Poesie, Ironie und Selbstironie. Aber die Aphorismen stellen nicht nur Ansprüche an die Leser, sie sprechen sie auch an, aggressiv, und unabwendbar durch ihre geschliffene Spitze, überraschenden Gedankengänge, durch ihre witzige Treffsicherheit.

Meine Bekanntschaft mit Lec begann 1954 damit, daß ich ihn bestahl. Ich schrieb damals in Prag einige Aphorismen, gab ihnen die Überschrift »Unfrisierte Gedanken«, und so erschienen sie in einer Zeitschrift. Dann übernahm sie eine polnische Zeitung – und ich wunderte mich, daß sie da unter der schlichten Überschrift »Aphorismen« erschienen. Die erste war ja viel besser!

Natürlich habe ich nicht bewußt geklaut.

...BIN ABER EINDEUTIG

Dann übersetzte ich Lec aus dem Polnischen für tschechische Zeitungen und Zeitschriften.
Eines Tages, im November 1960, klingelte bei mir das Telefon, und am anderen Ende war Lec. Ich fragte mit zittriger Stimme »Stanisław Jerzy Lec?« und rannte zum Hotel Alcron wie ein Teenager zum Stelldichein mit einem Filmstar. Obwohl ich damals immerhin schon ein zweiunddreißigjähriger abgebrühter Journalist und Satiriker war.
Gleich beim ersten Gespräch beichtete ich den ungewollten geistigen Diebstahl. Lec lächelte gütig und war zufrieden. Aphoristiker sind im Grunde froh, wenn man sie plagiiert oder auch ohne Namensangabe zitiert.
Dann wanderten wir drei oder vier Tage durch Prag. Auf dem alten jüdischen Friedhof, wo schon seit zwei Jahrhunderten nicht bestattet wird, erzählte der Lemberger, Wiener und Warschauer Lec mir, der ich schon vierzehn Jahre in Prag lebte, die Geschichte einzelner Familien, die hier ihre Grabsteine hatten: Wer wen geheiratet hatte, was für Menschen es waren, ganze Lebensgeschichten. Ich weiß bis heute nicht, ob er das alles tatsächlich wußte – bei seinem berühmten Gedächtnis wäre es möglich –, oder ob er es sich prompt ausgedacht hatte – was bei seiner Phantasie durchaus möglich gewesen wäre.
Wir korrespondierten, trafen uns mehrmals und führten Gespräche über Lec – im breitesten Sinne dieses Wortes.
Mein Sohn, Jahrgang 1964, bekam von Lec zum 6. März, ihrem gemeinsamen Geburtstag, herzliche und witzige

Karten. Auch im Jahre 1966, zwei Monate und einen Tag vor Lec' Tod. Leider sind alle Briefe in Prag verschollen.
Stanisław Jerzy Lec war einer der fruchtbarsten Männer unserer Zeit. Nicht nur, daß er an die dreitausend Aphorismen erdachte – ein polnischer Dichter, dem Aphorismus und Lec keineswegs zugetan, mußte zugeben, daß sich darunter ganz bestimmt jene vier befinden, die in den Schatz der Weltliteratur aufgenommen werden, und die ausreichend sind, ihren Autor unsterblich zu machen. Ich wollte es eigentlich nicht sagen, um es mir mit Kollegen aus anderen Literatursparten nicht zu verderben: Aber ich glaube, daß es doch kein Zufall war, daß Stanisław Jerzy Lec gerade durch seine Aphorismen berühmt wurde – und das war auch nicht nur die Folge einer Lücke auf dem geistigen Markt. Die Ein- und Zweizeiler waren seine bedeutendste schöpferische Tat, und alles, was er vor und neben ihnen schrieb – die nachdenkliche Lyrik, die scharfen satirischen Gedichte, die poetische Prosa, die spritzigen Epigramme –, das alles waren Vorbereitungen zu dieser großen Tat im Kleinen.

Lach im Unglück!

Humor vom Galgen und Galgenhumor

Lach im Unglück!« Was soll das sein – ein Ratschlag? Natürlich ist es ein Ratschlag. Wenn es einem dreckig geht, hilft Weinen nicht. Soll man etwa der Misere noch Tränen beimengen, damit sie größer wird? Lachen muß man. Über sich selbst, über das eigene Elend, über die ganze beschissene Welt, die den Menschen ins Unglück bringt – dann wird einem ein bißchen leichter.
Nur ist dies ein Ratschlag wie jeder andere: Er kommt nur bei denen an, die ihn nicht brauchen, weil sie selbst der gleichen Meinung sind; den anderen dagegen kann er überhaupt nicht helfen, weil sie ihn nicht verstehen. Wie kann einer, der sich so liebt und für so wichtig hält, als sei er der Nabel des Universums, über sich selbst lachen? Wenn man so einem Menschen aus Versehen auf den kleinen Zeh tritt, ist er überzeugt, daß sich die ganze Welt gegen ihn – pardon, gegen seine Majestät – verschworen hat. Allein die Vorstellung, daß er über diese Welt, die sein persönlicher Feind ist, lachen könnte, ist lächerlich.
Es gibt dagegen Menschen – und die brauchen meinen Ratschlag nicht –, die selbst unter dem Galgen Witze machen, wie jener zum Tode Verurteilte, der in fast allen

theoretischen Büchern über Humor zitiert wird. Er sollte an einem Montag hingerichtet werden und sagte, als man ihn zur Hinrichtung führte: »Na, die Woche fängt ja gut an.«
Oder wie jener französische Aristokrat aus der Zeit der großen Revolution, als die Guillotine pausenlos arbeitete, der sein Stolpern auf den Stufen zum Schafott kommentierte: »Ein böses Omen. Ein Römer würde umkehren.«
In der Berliner Variante hört sich das so an:

> Ein Berliner Ganove wurde zum Tode verurteilt. Als er zum Richtplatz gefahren wurde und das Volk dem Wagen vorauseilte, rief er: »Kinder, rennt doch nich so! Eh ick nicht dabin, jeht's doch nich los!« Und als er die Stufen zum Schafott betrat, sagte er: »Det Ding wackelt ja lebensjefährlich!«

Und hier die jüdische Variante aus der Sowjetunion der dreißiger Jahre, der Zeit der großen Prozesse:

> Drei angebliche Trotzkisten sind zum Tode verurteilt worden. Der eine ist ein Pole, der zweite ein Tscheche, der dritte ein Jude. Alle drei werden nach ihrem letzten Wunsch befragt.
> Der Pole sagt: »Wenn ich erschossen worden bin, soll man mich verbrennen und meine Asche auf das Grab von Pilsudski streuen.«

Der Tscheche: »Auch mich soll man verbrennen und meine Asche auf das Grab von Masaryk streuen.«
Der Jude: »Sobald man mich verbrannt hat, soll man meine Asche auf das Grab von Stalin streuen.«
»Wieso?« wird er gefragt. »Stalin ist doch noch gar nicht tot!«
Darauf der Jude: »Ich kann warten.«

Dieser Witz gehört nicht so ganz in die Sparte des Galgenhumors. Ich kenne ihn in einer friedlichen und viel harmloseren Variante:

Da machen sich drei Männer im Zug – nur so aus Langeweile – Gedanken, wo sie begraben sein wollen.
»Ich möchte neben Bismarck liegen«, sagt der Deutsche.
»Und ich neben Napoleon«, der Franzose.
Und der Jude: »Ich möchte neben Brigitte Bardot liegen.«
»Wieso?« wundern sich die anderen, »die lebt doch noch!«
»Na, bin ich denn tot?«

Diese Variante ist viel älter – der Name Brigitte Bardot soll uns nicht täuschen, da wurde eben früher eine berühmte Schönheit der damaligen Zeit genannt, und die Geschichte mit den angeblichen Trotzkisten von ihr abgeleitet. Zum Galgenwitz haben sie die Umstände gemacht, die grausame Realität, in der sie verankert war. Oft ist es nur die Situation, die Gefahr, die eine Äußerung oder Handlung überhaupt zum Witz machen. Das zeigt die folgende Geschichte.

Im russischen Bürgerkrieg. Die weiße Armee Denikins nähert sich Charkow. In der Stadt herrscht Terror; das Gefängnis ist überfüllt. Täglich wird vor den versammelten Gefangenen die Liste der neu zu erschießenden verlesen. Jeder Ausgerufene muß sich mit »Hier!« melden und wird von den Soldaten in Empfang genommen …
Der aufrufende Tscheka-Beamte ist nervös, überarbeitet. Die Liste zittert in seiner Hand.
»Iwanow!«
»Hier.« Einer wankt zu den Soldaten hinüber.
»Petrow!«
»Hier.« Desgleichen.
Hunderte bleiche Gesichter starren den Vorlesenden an.
»Nikandrow!«
Schweigen.
»Nikandrow! Zum Donnerwetter!«
Grabesstille.
Plötzlich sagt einer der Gefangenen – er lehnt sich an die Tischkante und rollt eine Zigarette: »Was ist das, Towarischtsch – wollen Sie die Toten erschießen?«

»Wieso?!«

»Nun, Nikandrow ist doch vorgestern schon erschossen worden. Sie haben ihn ja selber ausgerufen.«

»Schon erschossen? ... Hm! ... Also weiter«, ruft der Beamte und streicht Nikandrow von der Liste.

Der Mann an der Tischkante zündet sich langsam seine Zigarette an.

Es war Nikandrow.

Diese Geschichte konnte tatsächlich passieren, und ist wahrscheinlich mehrmals passiert. Mit dem Galgenhumor eines Menschen, der nichts mehr zu verlieren hat, fand Nikandrow den Wagemut zu einer witzigen Lösung.

Ich konnte nichts Theoretisches über den Galgenhumor finden. Im ganzen großen Brockhaus steht darüber nur ein Nebensatz und zwar »bittere Heiterkeit auch in schwerer Not«. Ein wenig präziser, aber auch nicht viel ergiebiger ist die Definition des Galgenhumors in Wahrigs *Deutschem Wörterbuch:* »Bittere Heiterkeit vor einem gefürchteten Ereignis« – die zugleich den Begriff aber noch mehr einengt.

Kann man überhaupt »Humor« mit »Heiterkeit« übersetzen? Heiterkeit ist ein Zustand, Humor eine Eigenschaft beziehungsweise Einstellung. Man kann Humor haben, ja Galgenhumor, man kann mit Witz in einer gefährlichen oder ausweglosen Situation reagieren, und trotzdem nicht heiter sein.

Nikandrow war keineswegs heiter. Ein Mann dagegen, der vor seiner Hinrichtung einige Gläser Champagner getrunken hat, kann heiter sein, ohne eine Spur von Humor oder Witz zu besitzen. Und komisch wirkt dieser Mann – auf grausame, schwarze Art – nur auf die, die ihn in diesem Moment und in diesem Zustand beobachten.
Seit dem Altertum sollen achthundert Autoren mit verschiedenen Theorien des Lachens aufgetreten sein, behauptet Paul Leroy, der selbst eine sehr interessante und originelle erarbeitet hat. Und es gibt Hunderte von Büchern über Lachen, Humor, Witz und Komik.
Ich konnte nur etwa ein Dutzend von ihnen durchgehen – zumal es sich bei den meisten gar nicht lohnt, sie zu lesen: Sie zerkauen nur auf vielen Seiten, umständlich und schwer verständlich, was einst Sigmund Freud und Henri Bergson klar und kurz gesagt haben. Aber auch wenn man alle lesen würde, fände man kaum eine wissenschaftliche Definition des Galgenhumors.
In dem Essay »Der Witz als geistige Waffe« von Milo Dor und Reinhard Federmann, der als Nachwort zu ihrer vorzüglichen, intelligenten Sammlung *Der politische Witz* erschien, sind einige Sätze dem Galgenhumor gewidmet:

> Der Galgenhumor entspringt dem Bestreben des Geistes, den Tod abzuwehren und zu überwinden. Natürlich ist dieser Vorgang nicht bewußt, wie ja auch die Reaktion, das Lachen, nicht bewußt ist. Er hat aber seine Wurzeln in einer Haltung, die der

menschlichen Unzulänglichkeit und der Vergänglichkeit trotzt.
Solange der Mensch lacht – über alle Bedrohungen, denen er ausgesetzt ist, über alle Einschränkungen, denen er unterworfen wird, und selbst über seine eigene Schwäche –, kann er nicht untergehen.

Der letzte Satz ist in seinem Optimismus selbst ein Stück trotzender und tröstender Galgenhumor, denn der Mensch kann auch lachend untergehen. Kugeln, Bomben und Henker bringen auch Lachende um. Dor und Federmann haben hier zwei wichtige Charakteristika des Galgenhumors formuliert: die »Haltung, die der menschlichen Unzulänglichkeit und Vergänglichkeit trotzt«, und ihren Sonderfall, das »Bestreben des Geistes, den Tod abzuwehren und zu überwinden«, das Unvermeidliche mindestens geistig zu besiegen. Hingegen glaube ich nicht, daß dieser Vorgang immer unbewußt ist. Der folgende englische Witz aus dem Zweiten Weltkrieg entspringt allerdings einer unbewußten Haltung:

Deutscher Bombenangriff auf Coventry. Die ganze Familie hastet in den Keller. Plötzlich merkt man: Der Großvater ist oben geblieben; in der Eile hat man ihn vergessen. Unruhe unter den Familienmitgliedern.
Da plötzlich ein entsetzlicher Krach. Das Haus hat einen Volltreffer bekommen.

Mühsam arbeiten sich die Familienmitglieder aus den Trümmern ins Freie. Ein Blick zeigt ihnen, was geschehen ist: Das Haus ist zerstört, nur die Feuermauer mit den Klosetts ist stehengeblieben.
Im WC des dritten Stockwerks steht der Großvater und schüttelt sich vor Lachen.
Der Schock hat ihn wahnsinnig gemacht! sagt sich die Familie.
Die Feuerwehr kommt und holt den Großvater herunter. Noch immer lacht er und kann nicht aufhören.
Die Familie umdrängt ihn. »Um Gottes willen, Großvater! Beruhige dich doch!«
Der Großvater will etwas sagen, bringt es aber, von Lachkrämpfen geschüttelt, nicht heraus. Endlich stammelt er: »Kinder – stellt euch vor – ich ziehe – und das Haus bricht zusammen!«

Man kann solche Beispiele mehren, aber der unbewußte Vorgang ist trotzdem für den Galgenhumor nicht typisch. Mehr noch, diese Witze bewegen sich an der Grenze zwischen Galgenhumor und schwarzem Humor. Galgenhumor ist gegen allen Augenschein kein Teil des schwarzen Humors, eher sein Gegenteil – der weiße, weißeste Humor. Sie spielen beide mit der Komik des Entsetzlichen. Sie haben sogar das gleiche Ziel: die Schrecklichkeit des Schrecklichen zu mindern. Aber ihre Ausgangspunkte sind diametral entgegengesetzt.
Der Erzähler schwarzer Witze und Geschichten ist auf

eine Art zynisch, die ihn nichts kostet, denn er selbst ist nicht betroffen; er schildert Entsetzliches, Unheimliches, Widerliches mit der Miene des Überlegenen, weil er sich nicht dagegenstellt und nicht mit den Opfern identifiziert. Er ist ein Held, der keine Furcht vor dem Grausigen hat, das nicht ihm passiert ist.

Der französische Surrealist André Breton behauptet in seiner *Anthologie des schwarzen Humors*, Jonathan Swift sei der Vater des schwarzen Humors. Er belegt das mit Swifts Satire »Bescheidener Vorschlag, wie Kinder armer Leute in Irland davor bewahrt werden sollen, ihren Eltern oder dem Staat zur Last zu fallen, und wie sie dem Gemeinwesen zum Nutzen gereichen können«. Der »Vorschlag« des Satirikers besteht nämlich darin, diese armen Kinder den Reichen, die sie sowieso schon ausbeuten, zum Verspeisen anzubieten. Swift baut aber mit diesen Mitteln eine aggressive Satire auf, er ist eindeutig auf der Seite dieser Kinder der Armen, auf deren elende Situation er die Öffentlichkeit aufmerksam machen will.

Im Unterschied zur Satire sind beim schwarzen Humor die Mittel selbst der Zweck. Es geht nicht darum, wie schwarz die Bilder sind, sondern was man damit bezweckt.

Nicht daß ich mich mit Swift vergleichen möchte, aber ich habe auch mehrmals versucht, mit den Mitteln des schwarzen Humors Satire zu betreiben. Wie zum Beispiel in der Glosse »Verbesserung«:

Die Guillotine wurde als Instrument zur Verbesserung der Menschheit erfunden. Sie köpfte Konterrevolutionäre und Revolutionäre, konterrevolutionäre Revolutionäre und revolutionäre Konterrevolutionäre.
Die einzige unentbehrliche Voraussetzung für die Guillotinierung ist der Besitz eines Kopfes. Kopflose Menschen sind fast außer Gefahr, enthauptet zu werden.
Offensichtlich ist der Kopf die Quelle alles Bösen oder vielmehr die Einheit von Kopf und Körper. Alle, die eine neue, bessere Welt bauen wollen, und alle, die die alte, bessere Welt erhalten möchten, stimmten überein: Je mehr Köpfe von den Körpern abgetrennt werden, desto schneller werden die Menschen brav sein und richtig denken. Die Guillotine ist aber schon veraltet, und auch moderne mechanische Mittel reichen nicht aus – zu viele Köpfe bleiben noch immer an ihren Plätzen. Jetzt müssen sich die Biologen einschalten und ein kopfloses Geschlecht züchten. Oder mindestens Menschen mit ganz locker aufgesetzten Köpfen, die damit auch austauschbar und konfiszierbar sind. Nur die Wissenschaft kann die Welt endgültig verbessern.

Ich erlaube mir zu behaupten, daß dies auch eine Art Galgenhumor ist, weil es eben um unsere Köpfe geht, deren Schicksal keinem von uns ganz gleichgültig sein kann. Im echten Galgenhumor überwiegt die Haltung der bewußten Herausforderung dem Schicksal, dem Mißgeschick, seinen Verursachern und Ausführungsknechten, der ganzen Welt und sich selbst gegenüber. Einige Witze und authentische Anekdoten (wenn man den Historikern glauben kann) werden dies belegen:

Ein englischer Spion wurde zum Tode verurteilt. Die Eskorte führte ihn in strömendem Regen, eisigem Wind und durch tiefen Schlamm zum entfernten Hinrichtungsplatz.
»Ein Sauwetter!« schimpft der Sergeant.
»Na ja«, sagt der Todeskandidat, »ich habe es gleich hinter mir, aber Sie müssen in diesem Dreck den ganzen Weg noch einmal machen!«

Im revolutionären Jahre 1790 in Frankreich. Marquis Thomas de Favras, royalistischer Agent, sagte, nachdem er sein Todesurteil gelesen hatte, zum Gerichtsschreiber: »Sie haben drei orthographische Fehler gemacht, Monsieur.«

Der römisch-deutsche Kaiser Karl VI. (1711–1740) hörte am Sterbebett mit an, wie die Ärzte über die Art und Ursache seiner Krankheit diskutierten. Schließlich flüsterte er: »Ihr könnt mich ja, wenn es vorbei ist, aufschneiden und nachschauen, woran ich gestorben bin. Ich hoff' aber, es kommt bald einer von euch nach und sagt mir, was es war.«

Zwei Jahrhunderte später sagte der Maler Jean-Louis Forain, als ihm der Arzt versicherte, daß kein Organ wirklich angegriffen sei: »Das ist gut, so sterbe ich also geheilt.«

Routinemäßig geht der Gefängnisarzt von Sing-Sing von Zelle zu Zelle. Der Wachbeamte sperrt die Tür auf, und zugleich schiebt sich ein engmaschiges Stahlgitter vor die Öffnung. Dann stellt der Arzt seine Fragen:
»Temperatur?«
»Normal.«
»Befinden?«
»Gut.«
»Stuhl?«
»Gestern. Normal.«
Beim zweiten Häftling: »Temperatur?«
»Normal.«
»Befinden?«
»Gut.«
»Stuhl?«
Heute. Normal.«
Beim dritten Häftling: »Temperatur?«
»Normal.«
»Befinden?«
»Gut.«
»Stuhl?«
»Morgen. Elektrisch.«

Es sind verschiedene Menschen aus verschiedenen Zeiten und verschiedenen Nationen, die sich dem Tode mit Galgenhumor stellen. Unterschiedlich sind auch die Arten des Spottes und ihre Objekte – nur das Subjekt selbst fehlt dabei nie. Sie verspotten die eigene Ohnmacht. Warum tun sie das? Was gibt ihnen die Kraft dazu? Sie wollen angesichts des Todes das bleiben, was sie immer waren, und mitunter gibt ihnen ihr Leben die Kraft dazu.
Der Soldat – wie der tödlich verwundete Duc de Montmorency zu einem Mönch, der ihm beistehen will:
»Glaubt Ihr, daß ein Mann, der fast achtzig Jahre in Ehren zu leben verstanden hat, nicht eine Viertelstunde mit Anstand zu sterben weiß?«
Die Schauspielerin – Mademoiselle Rancourt (1756 bis 1815):
»Das ist die letzte Szene, die ich spielen werde. Ich muß sie mit Anstand spielen.«
Der Schriftsteller kokettiert auch da mit seinem Ruhm …
Einige Jahre vor seinem Tode bat die Zeitung *The Evening News* den über 90jährigen George Bernard Shaw, seine eigene Grabschrift zu verfassen. Shaw zeichnete einen von Unkraut überwucherten Grabstein und darauf die Inschrift:

Hic Jacet
Bernard Shaw
Wer zum Teufel war das?

Aristokraten versuchen überheblich zu bleiben, die Mörder widerspenstig, Philosophen wollen Philosophen bleiben. Die Philosophie erhellt den Bericht über die letzten Stunden des Sokrates:
Sokrates (470–399 v. Chr.), zum Tode verurteilt, weil er sich gegen die staatlichen Götter vergangen und die Jugend verdorben habe. In seinem Dialog *Phaidon* schildert Platon den Todestag. Am Morgen sind Freunde zu ihm ins Gefängnis gekommen, und mit ihnen führt er das unsterbliche Gespräch über den Tod und die Unzerstörbarkeit der Seele. Gegen Abend verlangt Sokrates nach dem Schierlingsbecher.

> Da sagte Kriton: »Aber ich glaube, Sokrates, die Sonne steht noch auf den Bergen und ist noch nicht untergegangen. Und zudem weiß ich, daß auch andere erst sehr spät, nachdem es ihnen angekündigt worden war, getrunken haben, und haben sogar noch sehr gut gegessen und getrunken, und einige waren noch mit solchen zusammen, nach denen sie gerade Verlangen hatten. Übereile dich also nicht, denn du hast noch Zeit.« Da sagte Sokrates: »Mit Recht, Kriton, tun jene, von denen du redest, diese Dinge, denn sie glauben etwas zu gewinnen, wenn sie so tun – und mit Recht will ich meinerseits sie nicht tun; denn dadurch, daß ich ein wenig später trinke, glaube ich weiter nichts zu gewinnen, als daß ich mich vor mir selber lächerlich mache, wenn ich so am Le-

ben klebe und da spare, wo nichts mehr ist. Geh also«, sagte er, »gehorche mir und suche nichts anderes zu tun.«
Als Kriton das hörte, winkte er dem Knaben, der in seiner Nähe stand. Und der Knabe ging hinaus, und nachdem er längere Zeit weggeblieben war, kam er und führte den Mann herein, der das Gift reichen sollte und es, zum Trinken gerieben, in einem Becher brachte.
Wie Sokrates den Mann sah, sprach er: »Also, mein Bester, du verstehst dich ja wohl darauf: was muß man tun?« – »Nichts weiter als folgendes«, antwortete jener. »Wenn du getrunken hast, geh umher, bis dir die Schwere in die Beine kommt. Dann lege dich nieder, und so wird es von selbst wirken.«
Damit reichte er dem Sokrates den Becher. Und der Sokrates nahm ihn, und zwar ganz heiter, ganz ohne zu zittern, noch die Farbe oder die Gesichtszüge zu verändern; sah vielmehr dem Mann, wie er gewohnt war, fest ins Auge und sprach: »Was meinst du, ob man von diesem Trank jemandem spenden darf? Ist es erlaubt oder nicht?«

Der Galgenhumor ist nicht nur für Situationen unter dem Galgen oder bei einem anderen Rendezvous mit dem eigenen individuellen Tod zuständig. Unsere Welt ist so fabelhaft eingerichtet, daß wir den Galgenhumor viel öfter brauchen. Man kann darüber natürlich streiten, ob die

Welt zu schlecht für den Menschen ist, oder aber der Mensch für diese Welt nicht gut genug, aber auch für diesen Streit benötigt man eine Menge echten Galgenhumors. Und es lohnt sich eigentlich nicht zu streiten, denn die Sache wird sich eines Tages, früher oder später, von allein erledigen: durch einen kleinen Weltuntergang, den die Menschen auf die eine oder andere Art dank ihrer Technik schon schaffen werden. Auch für diese Fälle rüstet uns der Witz.

> Verhaltensmaßregeln für den Atomkrieg:
> Wenn die Bombe gefallen ist, ist es zweckmäßig, ein Bad zu nehmen, sich mit einem frischen weißen Leinentuch zu umhüllen, gemessenen Schrittes das Haus zu verlassen und langsam, ganz langsam in Richtung Friedhof zu gehen. Warum langsam? Damit keine Panik entsteht!

Das ist wichtig! Wenn man der Panik nicht unterliegt, kann man noch immer etwas unternehmen:

> Die Superbombe ist gefallen. Glück im Unglück: Sie ist in den Stillen Ozean gefallen. Die Welt atmet auf. Plötzlich kommt die Hiobsbotschaft: In acht Tagen wird die ganze Erde unter Wasser stehen; das haben Wissenschaftler in Amerika und Rußland berechnet. Der Papst erläßt eine Enzyklika: Gläubige, strömt in die Kirchen, beichtet, harrt im Gebet der letzten

Stunde! Die evangelischen Bischöfe in aller Welt erlassen einen Aufruf: Evangelische Christen, greift zur Bibel! Der Oberrabbiner von Jerusalem verkündet: Wir haben acht Tage Zeit zu lernen, wie man unter Wasser lebt!

Es geht nicht nur um die unmittelbare tödliche Bedrohung – jede Bedrohung der Freiheit, der menschlichen Würde, auch der materiellen Existenz, weckt den trotzigen Geist des Galgenhumors. In dieser Haltung haben fast alle politischen Witze ihren Nährboden. Besonders natürlich in den diktatorischen Polizeistaaten. Denn die Mutter des Galgenhumors ist die Ohnmacht und sein Vater die Entschlossenheit, nicht nachzugeben. In den totalitären Staaten ist der politische Witz im doppelten Sinne galgenhumorig: Da auf die Verbreitung der »antistaatlichen Propaganda« – ja, so ernst wird in den Diktaturen der Witz genommen – hohe Strafen stehen, beweist man seinen Galgenhumor nicht nur *im* Witz, sondern auch dadurch, daß man ihn erzählt. Die Geheimpolizei in solchen Staaten, wie bekannt, liebt die politischen Witze. Sie sammelt sie fleißig, samt Erzähler. Und trotzdem – oder vielmehr eben deshalb – erzählt man auch über sie Witze:

In Sibiu, dem alten Hermannstadt, klopft es nachts an die Tür einer betagten Witwe.
»Wer ist da?« fragt sie mit zitternder Stimme.
»Der Tod!« hallt es dumpf zurück.

»Gott sei Dank!« flüstert sie erleichtert. »Ich dachte schon, es sei die Geheimpolizei …«

Eine Variante aus der Sowjetunion:

Um drei Uhr morgens klopft jemand bei Rabinowitsch an die Tür. Rabinowitsch erwacht, zittert und überlegt, ob er öffnen soll, oder lieber aus dem Fenster springen. Da hört er die Stimme des Nachbarn: »Erschrecken Sie nicht, es ist nichts Ernstes! Ich wollte Ihnen nur sagen, daß das Haus brennt.«

Und eine aus der Tschechoslowakei:

In die Paßabteilung der Prager Polizeidirektion kommt Herr Kohn, um eine Auswanderungsgenehmigung nach Israel zu beantragen.
»Aber warum wollen Sie ausreisen, Herr Kohn?« fragt der Beamte.
»Ihnen geht es doch gut hier. Sie haben einen guten Posten, eine eigene Villa, einen Wagen, Ihr Sohn studiert …«
»Ja, sehen Sie, ich bin ein nervöser Mensch. Jeden Morgen um fünf klingelt bei mir der Milchmann, und das macht mich ganz kaputt.«
»Und deshalb wollen Sie ausreisen? Glauben Sie, in Israel wird der Milchmann nicht um fünf Uhr morgens klingeln?«
»Ja, aber dort weiß ich, daß er der Milchmann ist …«

Genauso erzählte man diesen Witz im Dritten Reich. Man sieht ihm auch an, daß er übertragen wurde – in der sozialistischen Tschechoslowakei gibt es schon lange keine Milchmänner mehr. Übrigens bietet dieser Witz eine stärkere Variante:

> Wiederum die Paßabteilung in Prag. Herr Kohn kommt und sagt, er wolle auswandern.
> »Wohin?« fragt der Beamte.
> »Na ja, das weiß ich eben nicht …«
> »Also, ich habe keine Zeit, mich mit Ihnen zu beschäftigen, hier wartet schon eine ganze Schlange. Schauen Sie, da in der Ecke steht ein Globus, suchen Sie sich was aus, dann werden wir weiterreden!«
> Herr Kohn dreht den Globus eine Stunde lang, zwei Stunden, drei Stunden … Dann fragt er den Beamten: »Herr Referent, einen besseren Globus haben Sie hier nicht?«

Auch in den Ländern, in denen der Bürger nicht dauernd um sein Leben und seine Freiheit bangen muß, gibt es vieles, demgegenüber ein einfacher Mensch ohnmächtig ist. Auch das ruft die Gegenwehr des Galgenhumors hervor. Zum Beispiel Wirtschaftsmisere oder Steuern.

> Ein amerikanischer Tourist ist in Jerusalem. Er möchte die Klagemauer besuchen, kann sich aber nicht erinnern, wie sie heißt. »Fahren Sie mich dort-

hin«, sagt er zum Taxifahrer, »wo alle Juden weinen.« Der Taxifahrer nickt und bringt den Amerikaner zum Finanzamt.

Wir haben einen Bogen gemacht – von der Todesbedrängnis des einzelnen über die kollektive Todesgefahr zu anderen kollektiven Bedrängnissen ohne Todesgefahr und kommen wieder zu den Existenzproblemen des einzelnen. Diesmal nicht angesichts des Todes, sondern des Lebens. Der Begriff des Galgenhumors erweitert sich und er breitet sich aus. In diesem Moment wird sich wahrscheinlich der Chaimowitsch aus Moskau unterbrechen und sagen:

»Neulich habe ich einen gewissen Rabinowitsch gesucht. Ich komme in das Haus, wo er wohnen sollte, sehe auf der Tür das Schild ›Rabinowitsch‹ und klopfe.
Ein älterer Mann macht die Tür nur einen Spalt auf und steckt den Kopf raus.
»Lebt hier Rabinowitsch?« frage ich.
Der Mann antwortet kein Wort und schlägt mir die Tür vor der Nase zu. Ich schau mir das Schild an – »Rabinowitsch«. Ich klopfe noch einmal.
Er steckt wieder den Kopf raus, und ich frage wieder: »Lebt hier Rabinowitsch?«
Er schlägt mir wieder die Tür zu, ohne ein Wort zu sagen.

Aber auf der Tür steht deutlich »Rabinowitsch«, also klopfe ich zum dritten Mal, und der Kopf kommt wieder. »Sagen Sie mal, sind Sie Rabinowitsch, oder sind Sie es nicht?«
»Ja, der bin ich.«
»Warum haben Sie aber nicht geantwortet, als ich fragte, ob hier Rabinowitsch lebt?«
»Na«, antwortet er, »ist denn das ein *Leben*?«

»Also frag ich dich«, wird Chaimowitsch sagen, »ist denn das ein Leben, wenn man dazu Galgenhumor braucht?!«
»Es ist«, werde ich sagen, »und du weißt es. Oder hast du vielleicht einen besseren Globus?«

Aber eigentlich wollte ich in diesem Zusammenhang einen anderen Witz erzählen, auch einen klassischen.

Kohn und Grün treffen sich.
»Wie geht es Ihnen, Herr Kohn? Wie geht es Ihrem Sohn in Amerika, haben Sie irgendwelche Nachrichten von ihm?«
»Eben habe ich einen Brief bekommen. Es ist sehr schlecht. Finster und bitter. Seine Frau ist ihm gestorben – eine junge Frau –, hat ihn mit sechs Kindern gelassen. Jetzt hat er nur noch fünf, den ältesten hat ein Auto überfahren. Das Haus ist ihm abgebrannt, und es war nicht versichert, den Laden mußte er aufgeben, wegen der Schulden. Er weiß

> gar nicht, wovon er mit den Kindern leben soll ... Aber ein Hebräisch schreibt er, ich sage Ihnen, ein Vergnügen, den Brief zu lesen.«

Das ist der reinste Galgenhumor, obwohl kein Galgen seinen Schatten auf diese Geschichte wirft. Und wenn irgendein Theoretiker behauptet, daß es nicht stimmt, werde ich antworten wie der Rabbi von Berditschew. Er hat sich nämlich einmal mit dem Rabbi von Bojberik unterhalten und sagte: »Das Leben ist wie ein tiefer Brunnen.«
»Warum?« fragte der Bojberiker.
Da antwortete der weise Rabbi von Berditschew: »Dann eben nicht!«
In dem Essay von Milo Dor und Reinhard Federmann, von dem schon die Rede war, gibt es einen Absatz, der über den Galgenhumor mindestens ebensoviel aussagt wie der Absatz über Galgenhumor – obwohl er dem jüdischen Witz gewidmet ist:

> Ein besonderes Merkmal des jüdischen Witzes ist, daß er seine Urheber selbst karikiert. Diese Selbstironie hat eine wesentliche Funktion. Mit ihrer Hilfe wehrt sich der Erzähler gegen das, was ihn betroffen hat. Mit dem Witz überwindet er die Not und sein Verlorensein in der Welt.

Paßt das nicht haargenau auf den Galgenhumor?
Wäre das nicht ein schlimmer Fluch: Du sollst über dich

selbst nicht lachen können! Oder: Die anderen sollen über dich lachen, und du sollst nur noch weinen können. Wenn ich über mich selbst lache, bin ich zwar immer noch der arme Schlemihl, aber zugleich auch einer, der über den armen Schlemihl lachen kann.
Den Begriff des Galgenhumors muß man noch mehr erweitern. Denn seine Funktion und die des jüdischen Witzes – das Lachen im Unglück – deckt sich mit der Funktion des Humors überhaupt. Im Glück braucht man ja keinen Humor – man lacht auch so. Die großen Theoretiker bestätigen das. Um es mit Freud in seiner Arbeit »Die Verneinung« zu sagen:

> Die Verneinung ist eine Art, das Verdrängte zur Kenntnis zu nehmen, eigentlich schon eine Aufhebung der Verdrängung, aber freilich keine Annahme des Verdrängten.

Also – der Humor hilft die schlimme Realität nicht anzunehmen, ohne den Boden der Realität zu verlassen, vor ihr die Augen zu verschließen. In seiner Studie »Der Humor« sagt Freud:

> Der Humor hat nicht nur etwas Befreiendes wie der Witz und die Komik, sondern auch etwas Großartiges und Erhebendes, welche Züge an den beiden anderen Arten des Lustgewinns aus intellektueller Tätigkeit nicht gefunden werden. Das Großartige

> liegt offenbar im Triumph des Narzißmus, in der siegreich behaupteten Unverletzlichkeit des Ichs. Das Ich verweigert es, sich durch die Veranlassungen aus der Realität zu kränken, zum Leiden nötigen zu lassen, es beharrt dabei, daß ihm die Traumen der Außenwelt nicht nahe gehen können, ja es zeigt sich, daß sie ihm nur Anlässe zu Lustgewinn sind ... Der Humor ist nicht resigniert, er ist trotzig, er bedeutet nicht nur den Triumph des Ichs, sondern auch den des Lustprinzips, das sich hier gegen die Ungunst der realen Verhältnisse zu behaupten vermag.

Paßt das nicht haargenau auf den Galgenhumor? Und wenn man von ihm ein klein wenig besitzt, kann man es sogar verstehen. Nur dem Wort »Narzißmus« – der nach Freud im Humor siegt – möchte ich nach meinem Verstand die häßliche Spitze der Selbstverliebtheit nehmen. Paul Leroy polemisiert in seinem originellen und gut geschriebenen Buch *Angst und Lachen* mit der These von Marcel Pagnol, daß das Lachen »ein Triumphgesang« sei, »der Ausdruck einer plötzlich entdeckten Überlegenheit des Lachers über den Verlachten«, also unmittelbar auch mit dem Freudschen Narzißmus. Recht hat er, denn diese Formel stimmt nur in einem Fall restlos: Wenn der Lacher und der Verlachte eine und dieselbe Person sind. Das könnte übrigens eine Formel des Galgenhumors sein.

Leroy entwickelt seine eigene Theorie des Lachens, die

– wie der Umschlagtext seines Buches behauptet – nicht nur die Gründe des Lachens, sondern auch seine Ursache erklärt. Er führt als Grundbegriff des Lebens das Gleichgewicht ein. Zuerst das körperliche und davon abgeleitet das seelische. Und die Angst, das Gleichgewicht zu verlieren, beherrscht unser ganzes Leben. Wenn wir das Gleichgewicht wiedergewinnen, lachen wir.
Komisch ist, was nur scheinbar unser Gleichgewicht bedroht. Humor ist die Fähigkeit, die Scheinbarkeit dieser Gefahr schnell zu erkennen. Die Frage, ob diese Theorie richtig ist, wird mich nicht aus dem Gleichgewicht bringen. Es ist eben eine Theorie. Wenn man es umfassend begreift – als Gleichgewicht eines Systems, in dessen Zentrum oder Gefüge sich unser Ich befindet –, scheint es zu stimmen. Ich habe mehrere Beispiele durchexerziert – es stimmt, und es ist ein schönes Spiel für den Intellekt.
Auch den Galgenhumor kann man auf den Nenner des Gleichgewichts bringen. Ich begnüge mich mit einer einfacheren Erklärung: Mit Galgenhumor und Humor überhaupt sucht der Mensch nicht die Überlegenheit, sondern die Selbstbehauptung und Selbstbestätigung, auch in schwierigen und schwierigsten Situationen. »Ihr seid stärker als ich«, sagt er seinen reellen oder abstrakten Feinden, »aber ich bin auch wer.« Er will damit nicht die anderen, sondern sich selbst beeindrucken. Denn ohne das Bewußtsein, daß man »wer« ist, kann man nicht leben. Und wahrscheinlich auch nicht »anständig« sterben.
Ich fragte den Herrn Kohn, der in mir sitzt, vielleicht

heißt er auch Rabinowitsch, Abeles oder Mandelbaum, was er davon hält.

»Theorien-Schmeorien«, sagte er. »Lach darüber! Wozu brauchst du das alles, wenn du die Witze hast? Weißt du, was mir mein gottseliger Vater immer zu sagen pflegte, als ich klagen gekommen bin, daß mir die Jungs dieses oder jenes angetan haben? ›Konntest du ihnen nicht sagen, sie sollen dich am Arsch lecken?‹ – ›Das konnte ich nicht immer, Vater, weil sie stärker sind als ich.‹ – ›Du konntest es im Geiste sagen, oder später, und über sie lachen. Lach, wenn es dir dreckig geht – denn das Glück dauert nie so lange, daß du noch Zeit zum Lachen hast.‹«